KB017315

은유와 마음

명법
지음

일러두기

- 이 책에 나오는 사례들은 실제 '은유와 마음' 프로그램에 함께한 참가자들의 이야기를 바탕으로 재구성했습니다.
- 등장인물의 이름은 모두 가명입니다.
- 책 제목은 『 』, 논문 제목은 「 」, 영화나 시, 노래 제목은 〈 〉로 구분해서 표기했습니다.

"내 언어의 끝이 내 세상의 끝이다."

– 루드비히 비트겐슈타인

차 례

1
세상은 이야기로 되어 있다

2
삶은 다시 쓸 수 있는 이야기

3
마음을 여는 열쇠, 은유

4

은유스토리텔링,
새로운 나를 만나다

프롤로그

가장 가까이 있고 매일 함께하면서도 대부분의 사람들이 알지 못하는 것이 있다. 세상에서 가장 귀하고 가장 알고 싶은 것이지만 잘 알 수 없는 것—그것은 바로 자기 자신이다. '나'만큼 인간의 호기심을 자극하는 것이 있을까?

괴물 스핑크스의 수수께끼를 풀어 현자라고 칭송받았던 오이디푸스조차 자기 자신이 누구인지 알지 못해 아버지를 죽이는 패륜을 저지르고야 말았듯이, 인간에게 자기를 아는 것은 어렵고 고통스러운 일이다.

그럼에도 불구하고 우리는 세상에서 가장 좋아하고 가장 궁금한 '나'를 알기 위해 심리학 서적을 들추기도 하고 사주팔자를 보기도 하고 용하다는 점쟁이를 찾아다니기도 한다. 하지만 이토록 다양하게 나를 아는 방법이 있지만 그 어떤 것도 나에 대해 만족할 만한 설명을 제공해주지 않는다.

더 큰 문제는 설사 나를 알게 되었더라도 내가 나를 어떻게 하지 못한다는 점이다. 내가 만들고 그래서 내 것이라고 주장하지만 '나'라는 존재는 내 마음대로 할 수도 없고 그렇다고 없애버릴 수도 없는, 정말이지 성가시고 곤란한 상대다.

지구상에 존재하는 여러 종교가 결가부좌하고 깊은 명상에 잠기면 '참나'를 만날 수 있다고 입을 모은다. 맞는 말일지도 모르겠다. 그런데 그러려면 세상사를 모두 잊고 명상에 몰두해야 하지 않을까? 그러다 다시 삶으로 돌아와야 한다면, 세상과 만나는 나는 누구일까?

사실 우리가 나 자신에 대해 알고 있는 것은 스스로 알아낸 것이 아니라 다른 사람들을 통해 알아낸 것들이다. 그렇다면 남들이 알고 있는 나는 어떤 사람일까? 이름과 직업, 나이, 그리고 가족사항 등등 이른바 호구조사를 마치면 그들은 '나'라는 사람을 다 파악한 것일까? 아니면 오늘 어디서 누구를 만났는지, 무엇을 했는지, 그런 것을 통해서 나를 알 수 있을까?

요컨대 나는 나를 넘어서 있다. 그것은 복잡하고 미묘해서 뭐라 말할 수도 없고 일상적 삶의 차원을 넘어서지만 동시에 일상 속에서 만나는 것이다. '나'는 어떤 특정한 '나'로 정의되기에는 부족하거나 넘치는 것이다. 그렇다면 '나'를 어떤 것으로 정의하는 것 자체가 문제가 아닐까? 그것을 어떤 고정된 것, 다시 말해 정체성으로 정의하는 관점을 바꾸어 본다면 '나'에 대한 전혀 다른 시각을 가질 수 있을지도 모른다.

이 책은 나를 정의하려는 노력을 멈추고 은유와 이야기로 그것을 해체하려는 새로운 시도를 담고 있다. 지난 2011년부터 나는 은유와 이야기치료를 결합한 새로운 방식의 프로그램으로 많은 사람들을 만났다. 그 과정에서 마음의 고통이 '나'를 정의함으로써가 아니라 '나'를 해체함으로써 치유될 수 있다는 확신을 얻게 되었다.

은유를 통해 이야기 심리치료를 한다는 말을 듣고 많은 사람들이 궁금해했다. "스님, 글을 잘 써야 하나요?", "글만 쓰면 치료가 되나요?", "고작 여섯 번에 치료가 되나요?" 어렵거나 문학적 소양이 필요하지 않을까 걱정하는 사람들도 있었고, 자기 문제를 직접 말하지 않는데 어떻게 심리 문제가 해결될 수 있는지 의문을 품는 사람들도 많았다.

사실, 방법은 간단하다. 자기와 닮은 것을 말하거나 어떤 사물에 빗대어 자기를 말하기만 하면 된다. 우리가 남들에게 자신을 소개할 때 늘 하는 것들, 예를 들어 어디 사는지, 직업이 무엇인지, 가족이 누군지, 누구를 만났는지, 무슨 문제가 있는지 등등 우리가 '실제'라고 믿는 것들을 말하지 않아도 된다. 그저 닮은 물건에 빗대어 말할 뿐인데, 지금까지 어느 누구에게도 말하지 않았던, 심지어 자기 자신도 모르고 있던 자신의 모습이 드러난다. 참가자만 놀라는 것이 아니다. 나 자신도 놀랄 때가 많았다. 그리고 마음 한편에 점점 더 의문이 커져갔다.

'무엇이 진짜 나일까?'

세상은 이야기로 되어 있다

나는 어떻게 만들어지는가

몇 해 전 일이다. 강원도 인제에 있는 만해마을에 잠깐 머물던 때였다. 서울에서 일이 늦게 끝나 만해마을까지 야간운전을 했다. 일기예보가 눈을 예고하고 있었지만 출발할 때만 해도 눈이 조금밖에 내리지 않아 야간운전을 감행했다. 경춘 고속도로에 진입할 즈음, 눈발은 폭설로 변해 있었다. 앞에서 엉금엉금 달리던 차들이 하나둘 시야에서 사라지더니 급기야 내 차만 고속도로에 남게 되었다.

칠흑 같은 어둠 속에서 차창을 향해 휘몰아치는 눈발 때문에 시야가 가려 어디가 어딘지 분간할 수 없었다. 자동차가 움직이고 있는지 멈춰 섰는지조차 감지할 수 없었다. 분명 가속 페달을 밟고 있었지만 진공 상태에 떨어진 것 같은 느낌이 들었다. 발의 감각과 자동차 계기판을 통해 자동차가 계속 움직이고 있는 것을 확인할 수 있었는데, 그때 당황해서 멈추었다면 큰 사고를 당했을지도 모른다.

시간과 공간은 변화를 인지할 수 있을 때 의식된다. 변화를 인지하려면 준거점이 필요하다. 모래바람이 부는 사막을 가로질러 여행하는 여행자나 망망대해를 항해하는 뱃사람이 길을 잃지 않으려면 나침반이 필요하듯이. 몰아치는 눈발 때문에 동서남북을 가리지 못할 때 내 자동차의 운동과 위치를 알려준 준거점은 함께 달리던 다른 자동차들이었다. 그런데 그 차들마저 사라져버리자 페달을 밟고 있음에도 불구하고 자동차의 운동과 위치를 측정할 수 없었다. 의식이 사라진 깊은 선정 상태에서 시간과 공간에 대한 의식이 사라지는 것은 이처럼 준거가 될 만한 어떤 것이 존재하지 않기 때문이다.

심리 문제도 비슷하다. 사람들은 단지 존재하고 있다는 사실만으로는 만족하지 못한다. 사람들은 자신이 무엇을 하고 있는지, 어떤 사람인지 알고 싶어 한다. 미국의 철학자이자 불교학자인 데이비드 로이David Roy가 지적하듯이 사람이 된다는 것에는 자기의식 이상의 것이 필요하다. 내가 어떻게 나의 정체성이 되었는지, 내가 어떻게 내 삶의 목적이 되었는지 이해해야 한다. 그것이 없으면 우리는 깊은 불안을 느낀다.

우리는 다른 사람을 통하여 자기 자신이 어떤 사람인지, 무엇을 추구하는지 알게 된다. 다른 사람의 존재는 내 삶의 준거점이며 정체성을 구성하는 기반이다. 다른 사람의 동의나 지지가 없을 때 대부분의 사람들은 극심한 혼란을 경험하거나 공황 상태에 빠진다. 왕따가 고통스러운 것도 바로 이 때문이다. 다른 사람의 지지를 얻지 못할 때 우리는 자살과 같은 극단적인 선택을 하기도 한다. 그러므로 무인도에 표류한 로빈슨 크루소에게 원주민 프라이데이가 필요했듯이 우리에게도 자신의 존재를 확인해주고 이야기를 들어줄 누군가가 필요하다.

어쩌면 각자의 섬에 고립된 현대인들은 로빈슨 크루소보다 더 절박하게 자신의 '프라이데이'가 필요한지도 모르겠다. 언뜻 보기에 나만의 개성을 추구하는 것 같지만 패션이나 취미의 '유행'은 다른 사람과 비슷한 행위를 함으로써 심리적인 안정을 얻으려는 행동이 아닌가. 요즘 사람들이 즐겨 찍는 '인증샷'도 마찬가지다. 아무리 아름다운 경치도, 아무리 맛있는 음식도 인증샷이 없으면 의미가 없다. 심지어 인증샷이 없으면 진짜 경험한 것인지 아닌지 의심을 받는다. 아마 요즘 사람들은 절해고도에 혼자 떨어져도 '인증샷'을 찍을 것이다.

다른 사람의 '인증'을 필요로 하는 인증샷 찍기는 현대인들이 느끼는 고독과 불안의 깊이를 반증한다. 현대인들은 겉보기에 자신만의 세계 속에서 사는 것 같지만 타인에 대한 의존과 집착이 과거보다 더 심해진 듯싶다. 인증샷을 찍느라 맛있는 음식을 앞에 두고 식욕을 참을 정도로, 멋진 경치를 보고도 무엇을 보았는지 기억하지 못할 정도로 가상현실이 실제를 대체하고 있다.

프랑스의 정신분석학자 자크 라캉Jacques Lacan은 다른 사람의 동의를 필요로 하는 심리적 기제를 "동일시"라고 설명한다.● '동일시'는 자아의식 형성과 깊은 관련이 있는데 라캉은 생후 6개월에서 18개월 사이의 발달 단계를 "거울단계"라고 명명하고 이 시기의 어린아이들이 거울에 비친 자신의 이미지를 보고 나타내는 독특한 반응에 주목했다. 이때부터 인간의 어린아이는 거울을 비춰주면 거울 속 모습이 자기 자신인 줄 안다. 거울에 비친 이미지를 보고 놀라 달아나거나 공격하는 다른 동물들과는 사뭇 다른 반응이다.

실험 삼아 오른쪽 뺨에 검정을 칠한 후 거울을 보여주면 어린아이는 거울 속 이미지가 아니라 자신의 뺨에 손을 가져간다. 침팬지와 오랑우탄도 거울에 비친 모습을 보고 자기 자신임을 인지하지만 곧바로 흥미를 잃고 거울을 떠난다. 이와 달리 인간의 어린아이는 거울에 비친 자기 모습을 보면서 끊임없이 웃고 좋아하느라 거울 앞을 떠나지 못한다. '거울단계'에서 나타나는 자기 이미지에 대한 인간의 관심과 호기심은 성인이 된 후에도 계속되는데, 라캉은 이 반응이 인간에게만 나타나는 독특한 현상이며 자아의식의 형성과 밀접한 관계가 있다고 보았다.

그런데 사실 거울에 비친 나의 이미지는 내 진짜 모습이 아니

● 라캉은, 거울단계에서 주체의 내부에 동일시 기제가 진행되면 이것이 나중에 시각적 지각에까지 영향을 끼치게 된다는 주장을 한다. 이를 통해 그는 바로 자기동일시의 원초적 충동이 거울 너머의 세계에서도 무한히 영향을 준다는 것을 말하고자 했다.

다. 거울 이미지는 좌우가 뒤바뀐, 그러니까 다른 사람의 눈에 비친 내 모습이다. 그러므로 거울 이미지는 '나'의 신기루이며 망상이다. 우리는 진짜 내 모습을 결코 볼 수 없다. 어린아이가 거울에 비친 자기 모습을 보면서 '상상적으로' 자아를 구성한다는 라캉의 주장은 바로 이 사실에 근거한다.

어린아이가 거울을 보면서 주변에 있는 사람—대부분은 엄마—을 뒤돌아보는 것도 인간에게만 나타나는 독특한 현상이다. 마치 "이것이 내 모습인가요? 당신들이 보는 것과 같은 모습인가요?"라고 묻는 듯이 뒤돌아보는데, 라캉은 이러한 행동이 다른 사람, 특히 엄마의 동의를 요구하는 행동이라고 주장했다. 이러한 행동은 인간의 자기의식이 근본적으로 타자의 존재와 연관되어 있음을 보여준다.

'거울 단계'에서 어린아이는 엄마가 바라보는 거울 속에 비친 모습을 자기 자신이라고 생각한다. 그러니까 어린아이는 타자인 엄마를 의식하고 그 관계 속에서 자신의 이미지를 갖게 된다. 라캉에 따르면, "그렇게 구성된 자아는 주체의 진정한 본질이 아니며 오히려 주체를 속이는 기만적 환영"이다. 거울 이미지는 이상화된 자아의 이미지이고, 자아는 타자와의 '동일시'를 통해 얻어진 가짜 자아이다.

언젠가 잘 아는 사진작가에게서 지금까지 사진을 찍어준 사람 중 사진을 받고 흡족해하는 사람을 한 명도 보지 못했다는 이야기를 들은 적이 있다. 포토샵으로 교정해서 실물보다 훨씬 보기 좋게 만들어줘도 사진이 잘못 나왔다고 투덜거린다는 것이다. 왜 그럴까? 거울을 보면서 나르시시즘에 빠지는 것과 달리 사진을 보면 왜 불만을 가지게 될까?

사진은 대상을 기계적으로 재현하기 때문에 사진 속 얼굴은 사람들이 자기 얼굴이라고 생각한 것과 다르다. 자기 자신에 대해 평소에 갖고 있는 이미지가 주관적으로 왜곡되어 있기 때문에 그렇게 느껴지는 것이지 사진이 잘못되어 그런 것은 아니다. 그러니까, 사람들이 사진 이미지를 낯설고 불편해하는 것은 그 이미지가 상상적 투사를 통해 이상화한 자아 이미지와 다르기 때문이다. 반대로 카메라 각도를 조절하여, 이른바 '얼짱 각도'로 찍은 셀프 카메라 사진에 열광하는 이유는 셀프 카메라로 실물보다 훨씬 멋진, 이상화된 자아 이미지를 연출할 수 있기 때문이다.

라캉의 지적처럼 우리가 생각하는 '나'는 다른 사람의 시선, 다른 사람의 욕망과 우리 자신을 일치시키는 동일화를 통해 구성된 허상이며 이상화된 이미지일 뿐이다. 우리는 이처럼 '나'를 구성한다. 자아는 다른 사람을 준거점으로 삼아 구성된 것이기 때문에 다른 사람의 지지와 동의를 요청하게 되는 것이다.

'내'가 되는 기억엔 뭔가 특별한 것이 있다

시간에 대한 경험은 하나의 이야기를 만든다. 과거부터 현재까지 경험한 사건들은 하나의 이야기로 구성되는데, 주인공이 어떤 삶을 살아가는지, 어떻게 성장했는지, 성공과 실패는 무엇인지 등등 시간 순서에 따라 이야기가 펼쳐진다. 나이가 들어감에 따라 나는 누구의 아들딸이고, 어느 고장 출신인가를 하나하나 배워나간다. 나는 의미 있는 이야기들을 가진 다른 사람들을 모델로 하여 성장한다. 나의 성격은 내가 연기할 역할에 의해 만들어진다. 이렇게 해서 이상화된 나의 이미지는 확고한 정체성 곧 줄거리가 있는 이야기로 발전한다. 다시 말해, 자아는 동일시하기를 원하는 이야기로 구성된다.

간혹 중간에 끊어지는 이야기도 있고 아직 끝나지 않은 이야기도 있지만, 이야기를 통해 우리는 주인공이 어떤 삶을 살았으며 어떤 존재인지 알 수 있다. 그러므로 누군가를 안다는 것은 그가 경험한 시간을 아는 것이기도 하다.

그러나 더 자세히 들여다보면, 이야기는 시간의 흐름에 따라 연속적으로 전개된 여러 가지 사건의 나열이 아니다. 오늘 아침에 일어나 회사에 출근하고 일터에서 누군가를 만나고 어떤 일을 하고 어딘가에 다녀왔다는 것만으로는 이야기가 만들어지지 않는다. 만약 그렇다면 나는 매일 6시간씩 잠을 자니까 내 일상 중 가장 많은 시간을 차지하는 수면이 내 이야기의 대부분을 차지해야 할 것이다. 하지만 아무도 그렇게 생각하지 않는다. 잠을 자지 않으면 살 수 없기 때문에 잠은 정말 중요하지만, 그렇다고 해서 잠자는 것을 자기의 정체성으로 삼는 사람이 있을까? 물론 불면증 환자라면 이야기가 달라진다. 그에게 수면은 세상의 그 무엇보다 중요한 일이기 때문에 잠에 대한 이야기는 그의 이야기 속에서 중요한 부분을 차지할 것이다.

마찬가지로 밥 먹는 일, 출근길에 아무 생각 없이 떠밀려 지하철을 타고 내리는 일, 신호등을 기다리는 일과 같이 매일 반복되는 일상사는 나의 이야기 속에 들어오지 않는다. 왜냐하면 그것들은 나에게 특별한 의미가 없고 나만이 갖는 고유한 특징을 알려주지도 않기 때문이다. 그 일들은 분명 내가 한 것이지만 '나'라는 존재를 설명해주지 않는다.

그런데 누군가가 세끼 식사 때마다 김치를 먹는다면 사정이 달라진다. 아마도 그는 한국 사람일 것이다. 김치는 '한국인'을 정의하는 특징 중 하나니까. 하지만 한국 사람들 사이에서 김치를 먹는 일은 특별한 행동이 아니기 때문에 한국인인 나에게 김치는 특별한 의미를 갖지 않는다. 그런데 내가 신 김치를 좋아한다면 그것은 나만 갖는 독특한 취향이기 때문에 신 김치는 나를 설명하는 특징이 된다. 나는 "신 김치를 좋아하는 아무개"로 정의된다.

"세 살 버릇이 여든 간다"는 속담처럼 우리는 과거가 지금까지 이어지고 있다고 믿고 있다. 하지만 잘 살펴보면 과거의 경험이 모두 이야기가 되는 것은 아니다. 예를 들어 오늘 아침 출근길 지하철에서 고등학교 동창을 만났다고 치자. 졸업 후 처음 만났기 때문에 그의 얼굴도 체구도 변했지만 나는 한눈에 그를 알아볼 수 있다. 친구도 단박에 나를 알아보고 반갑게 말을 걸어올 것이다. 그와 나는 인사를 나누고 그동안 어떻게 지냈는지 안부를 물을 것이다. 그와 이야기하면서 잊어버린 옛일도 기억나고, 그의 고등학생 때 앳된 모습도 떠오를 것이다. 누군가가 나에게 오늘 일어난 일 가운데 가장 의미 있는 일을 말하라고 한다면 나는 단연코 그 이야기를 할 것이다. 그리고 그 친구와 내가 고등학생 시절에 겪은 일들과 그를 만난 소감 등등을 곁들여 하나의 이야기를 만들 것이다. 이처럼 고등학교 동창을 만난 것은 지하철 공간을 특별하고 의미 있는 장소로 만든다.

그 이야기 속에 그 친구와 나에 관한 사실fact이 모두 포함되는 것은 아니다. 하지만 나는 그 이야기를 내 이야기라고 굳게 믿으며

"나는 그 친구와 이런저런 경험을 했다"고 말할 것이다. 이렇게 해서 친구와 나의 이야기는 나의 정체성을 형성하는 중요한 이야기로 발전하게 된다. 이야기는 나의 삶에 의미를 부여하는 줄거리를 제공해준다. 잊어버린 이야기도 다시 나의 이야기가 될 수 있다.

불교에서는 과거의 업이 쌓여 현재의 '내'가 된다고 설명한다. 세 살보다 훨씬 전, 그러니까 태어나기 전부터 쌓은 업이 아라야식이라는 깊은 무의식에 저장되었다가 적당한 조건이 형성되면 의식의 표면으로 떠올라 현재의 경험을 만든다. 정신분석 치료를 비롯한 많은 심리치료법들에서도 현재 경험하는 많은 심리적인 문제들이 유아기의 경험에서 비롯된다고 설명하며, 실제로 인간의 행동과 언어의 90% 이상이 과거의 경험과 기억에 의존하고 있다고 한다.

그런데 만약 '세 살 때의 나'와 '여든 살 때의 나'가 다른 사람이라면? 그렇다면 세 살 때 배운 버릇이 여든 살까지 가는 일도, 과거에 쌓은 업이 지금까지 계속될 일도 없을 것이다. 어째서 우리는 '세 살 때의 나'와 '여든 살 때의 나'를 같은 사람이라고 생각할까? '세 살 때의 나'와 '여든 살 때의 나'를 같은 사람으로 만드는 것을 "자기동일성"이라고 한다. 자기동일성을 만드는 가장 중요한 요소는 몸과 기억이다. 몸은 내가 공간적으로 외부세계로부터 독립된 개체라는 점을 분명히 알려주고 과거, 현재, 미래를 통하여 동일하게 존재하는 '자기self'는 기억에 의해 보장된다. 기억이 없으면 우리는 '세 살 때 나'와 '여든 살 때 나'가 같은 사람인지 아닌지 알 수 없다.

일반적으로 우리의 기억은 대부분 선명하지 않다. 우리가 관심을 가졌던 부분만 기억하기 때문이다. 그래서 대부분의 사람들은 세 살 때 겪은 일을 기억하지 못하지만 아주 드물게 자신이 본 사물을 사진 찍듯이 그대로 기억하는 사람들이 있다. 이처럼 있는 그대로 생생하게 기억된 사물의 이미지를 '직관상eidetic image'이라 한다. 직관상을 가진 사람은, 이전에는 인지하지 못했던 대상의 세부 이미지를 마치 눈앞에 있는 실물을 자세히 보며 찾아내 확인하듯이 볼 수 있다고 한다.

지하 수백 미터 아래에 있는 동굴 벽에 동물들과 사냥하는 모습을 그려놓은 알타미라 동굴벽화는 미술사에서 오랫동안 미스터리의 하나였다. 동물들의 묘사가 그처럼 정확하고 생생한 것을 두고 여러 주장이 분분했지만 그중 가장 설득력 있는 설명이 직관상 이론이다.

직관상은 원시인이 갖는 특수한 능력으로 현대인에게는 퇴화된 능력 중 하나이다. 말을 배우기 전 어린아이의 2~10% 정도에서 나타난다고 하는데 어른이 되면 직관상은 거의 사라진다. 특히 언어를 사용하면서부터 그 능력이 약화된다.[1] 그 원인에 대하여 많은 학자들이 인간의 진화가 직관적 이미지의 기억보다 언어에 의한 장기기억을 발전시키는 방향으로 이루어진 결과라고 추정하고 있다.

그런데 왜 인간의 진화는 직관상보다 언어적 인식을 발전시키는 쪽으로 진행되었을까? 어린아이는 한 살 무렵부터 말을 배우기 시작하여 서너 살이 지나면 언어능력이 크게 향상된다. 이 나이 무렵 아이들은 모든 것에 이름을 붙인다. 언어적 인식은 다양한 사물의 이미지를 하나의 개념으로 압축한다. 예를 들어 '접시'라는 단어는 여러 가지 그릇 중에서 넓고 편편한 형태의 그릇을 지칭한다. 그것은 그릇의 여러 가지 특징 중 '넓고 편편하다'는 특징을 제외한 나머지 특징들, 그러니까 크기나 질감, 재료, 무늬 따위의 정보를 제공하지 않는다. 언어는 사물에 대한 추상적인 지식을 전달하는데, 그 덕분에 우리는 작은 용량의 뇌 속에 더 많은 정보를 보관할 수 있다. 또한 개념과 개념을 비교함으로써 그 사이에 존재하는 유사성과 차이, 인과성 등과 같은 관계와 원리를 추론하여 알 수 있다.

불교인식론에서는 언어적 인식을 "비량比量"이라고 일컫는데, 이는 사물들을 서로 비교하여 유사한 부분을 끌어내어 얻어진 인식, 즉 추론을 말한다. 그에 반해 "현량現量"은 감각기관을 통해 얻어진 대상의 이미지, 즉 색, 소리, 맛, 향, 촉감 등의 직관적 인식과 수행을 통해 증득한 앎[證智]을 말하는데, '직관상'은 현량 가운데 직관적 인식에 해당한다. 불교인식론에서 비량은 현량과 더불어 올바른 인식 수단의 하나로 간주된다.

언어적 인식은 직접 경험하지 않은 많은 사물들에 대한 지식을 제공하기 때문에 지식의 습득과 축적에 유리하다. '불'과 '온도'

의 연관성을 이해하면 직접 불에 손을 대지 않고도 '불은 뜨겁다'라는 사실을 알게 된다. 이로부터 불에 접촉하면 화상을 입을 수 있다는 사실을 추론하여 화상이나 화재 같은 불상사를 미연에 방지할 수 있다. 인류 문명은 이와 같은 지식 축적을 통해 비약적으로 발전했다.

하지만 언어적 인식은 매우 취약한 부분이 있다. 그것은 직접 경험에 의해 얻어진 것이 아니기 때문에 실제와 일치하지 않을 가능성이 있다. 불교인식론에서 비량보다 현량을 더 중요한 인식능력으로 보는 것도 바로 이 때문이다. 그러므로 언어적 인식은 직접적 인식에 의해 보완되지 않으면 안 된다. "진달래꽃을 생각해보세요."라고 하면 곧바로 이미지가 떠오르지만, "일 년 열두 달을 생각해보세요."라고 하면 시간이 더 오래 걸린다. '일 년 열두 달'이라는 시간은 그 시간을 채운 사건이나 이미지를 하나하나 심상화해야 비로소 파악되기 때문이다. 이 실험을 통해 알 수 있듯이 직접적 인식은 언어적 인식이 작동하는 과정에 개입하고 있다. 언어적 기억을 떠올리는 것이 이미지와 같은 직접적 인식을 떠올리는 것보다 더 많은 시간이 걸리는 것은 바로 이 때문이다.

그러나 언어적 인식은 직관적 인식과 양립하기 어렵기 때문에 대부분의 경우 말을 배우면서부터 직관상이 사라진다. 말을 배우기 전의 어린아이도 그가 경험하고 학습한 것을 기억한다. 엄마나 보모처럼 아이들을 가까이서 돌보는 사람들은 어린아이가 무엇을 배웠고 무엇을 기억하는지 알 수 있다. 말을 하지 못하지만 비슷한 상황이 주어지면 어린아이는 이전에 학습한 대로 행동하는데, 이를 통해 어린아이가 기억력을 가지고 있음을 알 수 있다. 말을 배운 뒤부터 어린아이는 유아기 기억의 상당 부분을 잊어버리는데, 유아기 때 경험한 사건들이 평생에 걸쳐 깊은 영향을 끼치기 때문에 심리 문제를 해결하기 위해 기억 되살리기가 필요한 경우가 있다. 이때 정신분석에서는 '퇴행'이나 '자유연상'과 같은 방법을 사용하여 잊어버린 기억을 되살리기도 한다.

이 지점에서 묻지 않을 수 없는 질문이 하나 떠오른다. "왜 우리는 그토록 중요한 사건들을 잊어버리는 것일까?" 프로이트Sigmund Freud는 초자아의 억압 때문이라고 설명하지만 그보다 더 중요한 원인이 있다.

첫째 원인은 유아기의 기억이 대부분 이미지로 이루어져 있다는 사실에서 찾을 수 있다. 앞서 지적했듯이 직관적 인식과 언어적 인식이 양립하기 어렵기 때문에 말을 배우면서부터 이미지들로 이루어진 직관적 인식이 언어적 인식에 의해 빠르게 대체되고 그 이전에 경험한 직관적 인식 내용은 기억에서 사라진다.

둘째로, 어린 시절의 기억이 대부분 단편적이라는 점을 생각해볼 수 있다. 직관상 능력이 없는 어린아이도 어린 시절의 일을 잘 기억하지 못한다. 어린아이들은 왜 단편적인 기억밖에 하지 못할까? 의미 없이 너부러져 있는 단편적인 기억들은 잘 상기되지 않지만 그것들이 모여서 하나의 이야기를 만들면 기억은 오래 유지된다. 같은 원리로, 어린아이에게는 단편적인 기억들을 모으는 기억의 중심이 없기 때문에 대부분의 기억들이 쉽게 잊히고 만다.

낱낱의 기억들을 모으는 기억의 중심이 바로 '자아'이다. 라캉이 말한 '거울단계'에 이르기까지 아이들의 인지는 자아와 관련을 맺지 않고 이루어진다. 4~5살이 될 때까지 어린아이의 자아는 충분하게 형성되지 않기 때문에 아직 자아가 형성되지 않은 나이의 기억 역시 희미하고 단편적이다.

4~5살이 되면 어린아이의 경험은 '나'와의 관계 속에서 의미를 갖게 된다. 한번 자아의식이 생기면 단편적인 기억들이 자아를 중심으로 연결되어 한 편의 이야기를 만든다. 기억도 더 정확하고 상세해진다. 이 때문에 대부분의 기억이 이야기로 이루어진다. 유년기의 기억이 오래 지속되지 않는 것은 유년기의 비언어적 기억이 언어의 습득과 동시에 빠르게 소멸되는 것도 하나의 원인이지만 위에서 보듯 '자아'의 미성숙이 더 중요한 원인으로 작용하기 때문이다.

기억의 중심이 자아이기 때문에 성인이 된 뒤에도 우리는 자신과 관련된 일이 아니면 잘 기억하지 못한다. 종로 거리를 걸을 때 수많은 사람들이 스쳐 지나가도 아무도 기억하지 못한다. 어렴풋한 잔상이 남지만 스쳐 지나친 사람들의 얼굴을 일일이 기억하지는 못한다. 그런데 그중 어떤 사람이 나에게 특별한 느낌을 주었다면 그 인상은 내 뇌리에 깊이 각인되어 오래도록 기억된다. 이처럼 어떤 방식으로든 나와 특별한 관계를 맺은 것에 대한 기억은 잘 지워지지 않는다. 때로는 무의식 속에 저장되어 있다가 특정한 상황에서 떠올라 '나'에게 특정한 의미를 부여해주기도 한다. 무의식에 저장된 것들 중에는 프로이트가 말한 대로 억압된 기억들도 있다. '자아'에 위협적인 것이라고 판단될 때 우리는 본능적으로, 또 무의식적으로 나의 이야기에서 빼버린다. 이처럼 우리는 과거의 일을 전부 기억하지도 않으며 과거의 경험을 전부 '나'라고 생각하지도 않는다.

이야기와 함께 '나'가 구성되며, 이야기를 통해 '나는 이런 사람이다', '나는 무엇을 좋아한다'라고 생각하면서 그것을 진심으로 믿는다. 이야기가 없으면 자아도 없다.

현재의 이야기가 과거의 사실을 구성한다

잘 살펴보면, '과거에 대한 기억'은 지금의 '나'에 의해 경험되는 것이다. 다시 말하면, 과거에 발생한 일을 지금 기억하는 것이 아니라 지금 내가 기억하고 있는 것이 나의 과거이다. 그러니까 과거의 내가 경험하고 행동한 결과로 현재의 내가 형성되는 것이 아니라, 현재 내가 기억하고 있는 것에 의해 나의 과거가 구성된다. 흔히 생각하는 것처럼 과거는 이미 지나간 시간이기 때문에 되돌릴 수 없고 바꿀 수 없는 것이 아니라 나의 기억에 따라 언제든지 재구성될 수 있는 가변적인 것이다.

예를 들어 보자. 김연아 선수가 동계올림픽에서 금메달을 딴 후 한동안 연습을 안 했을 때 수많은 사람들이 걱정했다. 그 후 일 년이 지난 뒤 세계선수권대회에 출전하여 금메달을 획득하자 그동안의 우려는 씻은 듯이 사라지고 오히려 훈련하지 않은 것은 게으름이 아니라 오늘의 성공을 위해 꼭 필요한 휴식이었다는 칭찬이 이어졌다.

만약 김연아 선수가 세계무대 복귀에 실패했다면 어땠을까? 그때도 사람들이 훈련하지 않은 것을 칭찬했을까? 아마도 올림픽 대회 이후 훈련하지 않은 것이 실패 원인이라며 비판 여론이 들끓었을 것이다. 그랬다면 김연아 선수의 이야기는 지금과 전혀 다른 이야기가 되었을 것이다. '훈련하지 않음'은 성공의 원인이 될 수도 있고 실패의 원인이 될 수도 있다. 그것을 결정하는 것은 바로 현재이다.

나 자신도 마찬가지다. 지금 내가 승승장구하고 있다면 과거의 여러 실패를 성공을 위한 과정으로 생각하겠지만, 만약 내가 실패하고 있다면 과거의 성공조차 실패의 원인이라고 여길 것이다. 다른 사람에 대한 판단 역시 현재 나와의 관계에 따라 좌우된다. 그동안 친하게 지내던 사람에 대해서도, 어떤 일로 그와 다투었다면 그 뒤부터는 친하게 지낼 때 보이지 않던 단점들이 하나둘 보이기 시작하고 과거에 대수롭지 않게 여기던 일들이 새록새록 기억나서 그가 원래 나쁜 사람이었다는 결론을 내리게 된다. 그러다가 다시 그와 화해하면 그동안 겪었던 나쁜 일들이 다 좋아 보이기 시작한다. 과거의 이야기는 이처럼 현재 내가 그와 맺고 있는 관계나 나의 관점에 따라 달라진다. 그러므로 이야기는 하나만 있는 것도 아니고 변치 않는 것도 아니다. 내 이야기는 하나가 아니라 여럿이며, 새로운 경험이 덧붙여지면 언제든지 새로워질 수 있다.

그리고 이야기는 사실에 앞서 존재한다. 어떤 사실이 일어났기 때문에 이야기가 만들어지는 것이 아니라 우리가 만드는 이야기에 의해 사실들이 구성된다. 이야기는 '나'를 중심으로 서술되기 때문에 같은 곳에서 같은 사건을 함께 겪었더라도 각자 자신의 관점에 따라 다른 이야기가 만들어질 수 있다.

일본 영화 〈라쇼몽〉은 사무라이와 그의 아내, 그리고 산적 사이에서 일어난 사건이 등장인물 개개인의 관점에서 얼마나 다르게 이야기될 수 있는지를 4편의 반복되는 이야기로 보여준다. 줄거리는 간단하다. 사무라이가 그의 아내와 여행하던 도중 산적을 만났다. 사무라이와 산적 사이에 결투가 벌어져 사무라이는 죽고 그의 아내는 도적에게 강간을 당하고 만다. 지나가던 나무꾼이 사무라이의 시체를 발견하여 지방관청에 신고하고, 재판관 앞에서 나무꾼과 산적, 사무라이의 아내, 그리고 무당을 통해 불러낸 죽은 사무라이의 영혼이 각자 자신의 입장에서 사건의 전말을 진술하는 것으로 되어 있다.

네 사람의 이야기는 서로 다르다. 보는 관점에 따라, 기억된 부분에 따라, 전혀 다른 네 편의 이야기가 만들어졌다. 과연 누구의 이야기가 진실일까? 모두 자기 이야기가 진실이라고 주장하지만 이야기가 반복될수록 누가 거짓말을 하고 누가 진실을 말하는지 가리기 힘들어지고 사건은 점점 더 미궁으로 빠져든다. 사무라이가 자살했는지 살해되었는지 아무도 알 수 없다. 살해되었다면 과연 누가 범인일까?

그중 어떤 이야기도 일어난 사건을 있는 그대로 진술한 것이 아니다. 그것들은 각자 자신의 입장에서 바라본 '이야기'일 뿐이다. 그러므로 우리에게는 이야기를 뛰어넘어 객관적 진실에 도달할 방법이 없다. 영화 〈라쇼몽〉은 어떤 결론도 내리지 않고 막을 내린다. 어쩌면 객관적 진실이란 애초에 없었는지도 모른다. 우리에게 주어진 것은 그저 우리가 우리들 자신과 타인에 대해 말하고 있는 이야기뿐이므로 '객관적 진실'이라는 말 자체가 허상인지도 모른다.

포스트모더니즘 이후, 역사history가 '객관적 사실fact의 기록'이라는 생각은 더 이상 통용되지 않는다. 에머슨이 "역사는 없다. 오직 자서전만이 있을 뿐이다."라고 단언한 것처럼, 역사는 하나의 이야기, 그것도 역사가의his 관점에서 기술된 이야기story일 뿐이다. 이야기와 역사는 어원만 아니라 실제로도 같다는 생각이 설득력을 얻고 있으며, 심지어 "역사는 객관적 사실을 연구하는 학문"이라는 주장조차 하나의 이야기이며, 그것도 '서양 근대'라는 특수한 역사적 시기에 통용된 하나의 이야기에 불과하다는 견해가 대두되고 있다.

물고기가 물을 볼 수 없듯이 우리는 이야기가 이야기라는 사실을 알지 못한 채 살아가고 있다. 실제 세상을 경험한다고 생각하지만 세상에 대한 이야기에서 벗어나서 세상을 있는 그대로 볼 수는 없다. 이야기에서 벗어나려고 할 때마다 다시 이야기로 돌아간다. 우리는 이야기 없이 어떤 것도 이해할 수 없다.

불교 관점에서 보면 그것은 재론의 여지가 없을 정도로 분명한 사실이다. '일수사관一水四觀', 즉 인간에게 물로 보이는 물질이 물고기에는 공기로, 아귀에게는 불로, 지옥에서는 고름으로 보인다는 유식학의 주장처럼 우리는 같은 사물이라도 자신의 업業에 따라 전혀 다르게 인식한다. '객관적 사실'이란 존재하지 않으며, 그래서 원한다면 바꿀 수도 있다.

최근 뇌과학의 발전으로 인간의 심리현상에 대해 뇌생리학적인 설명이 가능해졌다. 그 연구결과에 따르면 인간 뇌의 전전두엽에 있는 시뮬레이션 기능 때문에 인간은 가상적인 것과 현실적인 것의 실질적인 차이를 구분하지 못한다고 한다. 따라서 심리적 경험이 어디까지가 사실이고 어디부터가 가상인지 밝히기란 쉽지 않다.

이처럼 가상적인 것이든 현실적인 것이든 뇌에서 감수하는 자극이 동일하기 때문에 뇌의 시뮬레이션 기능을 응용하면 가상현실의 경험도 가능하다. 비행기 조종사나 우주항공사는 실제 훈련을 받기 어려운 경우 지상의 모형 선체에서 가상훈련을 받는다. 바로 뇌의 시뮬레이션 기능을 활용한 것이다. 운동선수가 심상훈련으로 실전을 대비하는 것도 비슷한 사례이다.

긍정심리학자 셀리그먼Martin Seligman의 주장처럼 뇌의 시뮬레이션 기능 덕분에 우리는 아무리 불행한 상황이더라도 행복을 느낄 수 있다. 행복은 마음먹기에 달려 있다. 마찬가지로 내 이야기도 마음먹기에 따라 바뀔 수 있다. 삶은 의미 구성체이기 때문에 어떤 의미를 부여하는가에 따라 전혀 다른 이야기가 될 수 있다.

데이비드 로이가 말하는 것처럼 다른 이야기는 다른 결과를 낳는다. 세상을 이해할 수 있게 만들어주는 이야기들은 세상의 일부이기 때문에 우리는 이 세상을 초월함으로써가 아니라 새로운 방식으로 이야기함으로써 다른 삶을 살 수 있다. 다시 말해, 우리는 세상을 다르게 이야기할 수 있기 때문에 세상을 초월할 수 있다.

삶은 다시 쓸 수 있는 이야기

이야기가 바뀌면 삶이 달라진다

세상이 이야기로 되어 있다면 우리가 만드는 이야기 속에는 당연히 세상 이야기가 포함될 것이다. 내 이야기에는 다른 이야기들, 다른 사람의 이야기들이 포함되어 있다. 나는 다른 이야기들, 다른 사람의 이야기들과 겹치는 가운데 수많은 이야기로서 살고 있다. 그 많은 이야기의 주인공이 반드시 내가 되어야 한다는 법은 없다. 때로 나는 다른 사람 이야기의 조연이 되기도 하고 다른 사람이 내 이야기에 조연으로 등장하기도 한다.

내 이야기에 다른 사람의 이야기가 끼어 있다는 것은, 데이비드 로이가 지적했듯이, 인간은 사회적 동물이라는 말의 다른 표현이다. 사람들은 삶의 의미를 함께 만들어간다. 그러므로 나의 이야기는 다른 사람들의 이야기까지 포함하는 더 큰 이야기의 한 부분이다.

우리는 타인과 함께 이야기를 만들면서 그들과 소통한다. 이야기는 삶에 의미를 부여하고 우리의 생각과 행동에 영향을 끼칠 뿐만 아니라 사회구성과 조직, 집단적 정체성에까지 영향을 준다. 다시 말해 이야기는 사회적인 힘을 갖는다.

개인의 정체성이 이야기로 구성되는 것과 마찬가지로 집단의 정체성도 서로 공유하는 이야기를 만들고 기억함으로써 구성된다. 한 민족의 신화, 한 국가의 역사는 집단의 정체성을 만드는 중요한 장치이다. 단군과 곰 처녀 이야기는 한반도에 사는 사람들에게 단군의 후예라는 집단 정체성을 부여해왔다. 그것은 한민족을 하나의 민족으로 유지하게 하는 상징적 장치이다. 일제 강점기 때 일본 역사학자들이 한반도 고대사를 왜곡하고 날조하여 민족 정체성을 뒤흔들고 일본의 지배를 당연하다고 믿도록 조작했던 것도 집단의 정체성을 구성하는 이야기의 힘 때문이다. 신화와 역사의 왜곡은 과거의 문제가 아니라 현재와 미래의 문제이다.

마찬가지로 아리랑과 같은 민요와 여러 가지 구전설화들은 남북한이 하나의 정체성을 갖는 같은 민족이라는 사실을 잊지 않게 해준다. 비록 남북으로 분단되어 있지만 한반도에서 공유되는 이야기는 과거에도 그랬듯이 미래에도 한반도를 하나로 연결해 줄 것이다.

그런데 이야기는 한 개인에 의해 만들어지지 않는다. 개인의 이야기는 사회적 이야기에 의해 제한된다. 이처럼 사회적 영향력을 행사하는 이야기를 담론discourse이라고 한다. 포스트모더니즘 이후 세계가 객관적인 사실들로 이루어져 있다는 근대적 신념이 무너지고 그러한 신념의 체계인 근대주의 역시 하나의 이야기라는 사실이 폭로되었다. 나의 이야기와 너의 이야기 같은 구체적인 이야기뿐 아니라 개별 이야기의 참과 거짓에 대한 판단, 개별 이야기들이 추구하는 목표 및 가치에 대한 이론 등 이야기에 대한 설명을 포함하고 있는 종교, 철학 같은 것도 일종의 이야기라는 것이 포스트모더니즘의 주장이다. 이런 이야기를 거대담론이라고 부른다. 이야기에 대한 이야기이기 때문에 메타서사라고도 부른다.

프랑스 철학자 미셸 푸코Michel Foucault에 따르면 담론은 그 시대 사람들의 사고방식과 의미체계, 사회제도에 이르기까지 삶의 모든 영역에 구체적인 영향을 끼친다고 한다. 담론은 사회적으로 영향력을 발휘할 뿐 아니라 개인의 이야기에도 큰 영향을 끼친다. 삶이 담론으로 구성되기 때문이다. 성장하는 동안 우리는 사회에서 제공한 이야기 중 몇 가지를 내면화한다. 그 이야기들은 나를 만들고 나는 그 이야기를 받아들이며 그에 맞춰 행동함으로써 그 이야기들을 더 영향력 있는 것으로 만든다. 그 이야기들은 내가 누구인지, 한국인인지, 불교도인지, 돈은 어떻게 써야 하는지 등에 대해 나에게 가르쳐준다. 사회 담론은 너무나 오랫동안 반복되어왔기 때문에 우리는 그것 없이 사는 것이 불가능하다. 그러므로 나의 정체성이 사회 담론에 의해 형성되었다고 해도 틀린 말이 아니다.

세상에는 다양한 형태와 형식, 그리고 의미화와 권력 작용을 하는 담론들이 있다. 담론은 개인과 사회가 추구하는 가치와 의미를 결정하기 때문에 한 사회에서 어떤 담론이 이루어지는가는 매우 중요하다. 예를 들어 조선시대의 지배 담론이었던 삼강오륜은 그 사회 구성원들에게 신하는 임금에게, 자식은 부모에게, 지어미는 지아비에게, 아우는 형에게 공경과 복종을 다하지 않으면 안 된다고 믿도록 했다. 특히 전통사회에서 주변 존재에 머물렀던 여성들은 가정에서 부모에게 효도하고 남편에게 순종하며 자식 키우는 일을 자신이 마땅히 해야 할 일로 받아들였다.

해방 이후, 개인의 권리와 자유를 중시하는 근대적 담론이 우리 사회를 주도하게 되자 여성을 바라보는 시선도 달라졌다. 무엇보다 여성들 자신이 비주체적인 태도를 버리고 자신의 능력을 계발하기 시작했으며 가정이나 사회에서 독립한 존재로서 남성과 동등한 대우를 요구하게 되었다. 시대 변화에 맞추어 TV 드라마, 영화, 상품광고에서도 순종적인 여성보다 자기표현 강한 여성을 더 매력적으로 그린다. 이제 "여자는 정절을 지켜야 한다", "일부종사해야 한다"와 같은 이야기는 케케묵은 옛날이야기가 되었고 양성평등과 여성의 자기 결정성 따위의 새로운 담론이 현대사회를 주도하고 있다.

가정폭력 피해자들을 보호하고 있는 여성 쉼터에서 만난 순희 엄마의 이야기는 여성 담론이 여성들의 정체성, 여성들의 삶에 얼마나 깊이 영향을 주고 있는지 잘 보여준다.

40대 가정주부 순희 엄마는 춤을 배우다가 그만 춤바람이 났다. 남편 몰래 춤 교습소에 출입했지만 오래지 않아 남편에게 들통나고 말았다. 순희 아빠는 순희 엄마가 춤바람만 난 게 아니라 외간 남자와 눈이 맞아 바람이 났다고 생각했다. 한번 의심을 시작하니 걷잡을 수 없이 아내가 의심스러웠다. 이성을 잃은 순희 아빠는 아내를 구타하기 시작했다.

그 후로 남편의 구타는 시도 때도 없이 반복되었다. 너무 심하게 맞은 날은 119구급차가 와서 순희 엄마를 응급실로 싣고 가기도 했다. 순희 엄마는 참고 또 참았지만 반복되는 남편의 구타를 견디다 못해 급기야 가출하고 말았다. 우리가 순희 엄마를 만난 곳은 가정폭력 희생자를 위한 쉼터였다.

상담을 시작하자 순희 엄마는 한숨을 내쉬며 남편이 얼마나 심하게 때렸는지 이야기했다. 하지만 춤바람 이야기가 나오는 대목에 오면 얼렁뚱땅 넘어가거나 잠시 춤을 배웠다고 얼버무렸다. 순희 엄마는 자신이 얼마나 가정에 헌신적이었는지 설명하려고 애썼다.

"그래도 저는 남편을 위해 살았어요."

'정숙한 아내, 순종적인 아내'라는 전통적인 여성 담론에 비추어 자신의 행동을 이해해온 순희 엄마는 자기의 이야기 중 춤바람 부분을 축소하고 가정에 충실했던 부분을 은근히 강조했다. 춤바람이 나기는 했어도 남편과 가정에 충실했노라고 애써 변명했지만, 머릿속에는 춤바람이 부도덕하다는 생각이 있었기 때문에 아내로서 해서는 안 될 일을 했다는 죄의식도 있었고 남편의 폭력도 당연하다고 받아들이고 있었다.

쉼터에서 지내는 동안, 다른 여성들의 이야기를 들으면서 순희 엄마는 춤바람 난 것이 잘못이 아니라는 사실을 깨닫게 되었다.

"춤바람 난 게 어때, 춤추는 게 뭐가 나빠."

"그동안 그렇게 살았던 것이 너무 나를 억압한 거예요. 이제 다르게 살고 싶어요."

당당하게 춤바람 난 것을 인정하고 나니까 생각이 바뀌었다. 남편이 자신을 구타한 것은 의처증과 알코올중독에 빠진 남편의 잘못이지 자기 잘못이 아니라고 생각하자 죄의식도 느끼지 못하게 되었다.

"제발 안 패기만 하면 좋겠어요."라며 집으로 돌아가서 남편의 용서를 구하고 같이 살겠다고 하던 순희 엄마는 몇 차례 상담 이후 완전히 다른 사람이 되었다.

"남편이 바뀌어도 이젠 같이 살고 싶지 않아요."

"그렇게 억압적인 사람하고는 살지 않겠어요."

남편만 생각하던 순희 엄마의 관심이 상담을 한 후로 아이들에게로 돌려졌다. 순희 엄마는 새로운 미래를 설계하기 시작했다.

"내가 돈 벌어서 아이들 데리고 와서 행복하게 살겠어요. 아이들이 보기에도 엄마가 주눅 들어 사는 모습보다 행복하게 사는 것이 더 좋을 것 같아요."

가정주부가 춤바람이 난 것은 예전 같으면 풍기문란으로 TV 뉴스에 나올 법한 사건이지만 요즘에는 건전한 운동이나 자기계발로 생각할 정도로 사회 인식이 달라졌다. '춤바람'이라는 부정적인 말도 거의 사용되지 않는다.

순희 엄마가 자신의 행위를 일탈로 여겨서 부끄러워했던 것은 어렸을 때부터 내면화한 전통적인 여성 담론 탓이다. 스스로 덧씌운 '춤바람이 난 부도덕한 여성'이라는 생각은 남편의 구타를 정당한 것으로 만들었다. 가정폭력을 피해 도망쳐 나왔으면서도 남편에게 용서를 구해야 한다고 믿는 모순된 생각은 여성에 대한 전통적인 담론이 바뀌지 않으면 달라지기 힘든 것이다.

여성 쉼터에서 여성의 자기성취와 독립을 높이 평가하는 새로운 여성 담론을 받아들인 후, 순희 엄마는 자신의 문제를 다르게 보게 되었다. 춤을 추는 것이 부도덕한 일이 아니라는 사실을 깨닫고 나서부터 자기 비난을 멈췄다. 남편의 폭력이 자기 탓이 아니라 남편의 의처증과 알코올중독 때문이라고 생각을 바꾸면서 모든 잘못을 자신에게 돌리는 패배적인 태도를 버렸다. 그리고 참는 것이 능사가 아니라 행복하려면 다르게 살아야 한다는 조언을 받아들였다.

이야기는 변치 않는 본질을 가지고 있지 않다. 그러므로 이야기는 재구성될 수 있다. 이야기가 달라짐에 따라 심리 문제의 해결 방법도 달라진다. 전통적인 여성 담론을 기준으로 했을 때 순희 엄마의 이야기는 춤바람이 나서 가정에 충실하지 못한 여자의 이야기였다. 그런데 현대적인 담론을 받아들인 후 그 이야기는 가정폭력의 희생자라는 전혀 다른 이야기로 바뀌었다.

가정에서 여성의 역할을 중시하는 것이 하나의 가치관이라면 여성들의 자기 발전을 높이 평가하는 것도 하나의 가치관이다. 어떤 일이나 대상의 본질은 미리 정해진 것이 아니라 그 대상을 형성하고 매개하는 시대 구조와 사회적 실천들에 따라 계속해서 만들어지고 변한다. 담론은 객관적 진리를 표현하지 않는다. 각각의 담론은 상대적 가치를 가질 뿐이다.

심리 문제들이 사회 담론에 의해 규정된 것이라면, 순희 엄마의 사례에서처럼 다른 시선으로 바라볼 수 있다. 순희 엄마의 새로운 이야기는 적극적이고 책임감 있는 여성이라는 새로운 정체성을 부여하고 그 역할을 행하도록 지원하여 순희 엄마의 삶을 바꾸었다.

이야기는 언어 차원에서 이루어졌기 때문에 언제든지 새로 쓸 수 있지만 문제는 내 이야기를 내 마음대로 바꾸지 못한다는 데 있다. 왜냐하면 내가 이야기를 쓰기도 전에 그 이야기의 반 이상이 이미 쓰여 있거나 그 내용이 거의 결정되어 있기 때문이다. 다양한 사상과 신념들 중 하나를 내 마음대로 선택하고 내 마음대로 행동하는 듯 보이지만 실은 주어진 선택지 중 하나를 선택하는 것일 뿐이다.

그중 어떤 하나를 선택하면 그다음 선택은 앞의 선택에 의해 거의 대부분 결정되기 때문에 새로 선택할 수 있는 것은 그리 많지 않다.

이야기를 바꾸려면 어떻게 해야 할까? 먼저 자신의 이야기가 이야기라는 사실을 알아야 한다. 그리고 그 이야기가 다른 사람과 함께 쓰는 더 큰 이야기, 즉 담론의 한 부분이라는 사실을 알아야 한다. 더 큰 이야기가 어떻게 쓰여 있는지, 그것이 내 이야기에 어떤 영향을 끼치고 있는지 알아야 한다. 바람의 방향이 바뀌면 물결은 저절로 방향을 바꾸듯이 거대서사가 달라지면 내 이야기도 저절로 달라진다. 우리 모두의 이야기가 바뀔 때 나의 이야기도 바뀌기 시작한다. 치유의 핵심은 자신의 이야기에서 역할을 바꿀 수 있다는 사실을 깨닫는 것이다.

만들어진 비정상, 발명된 정신병

70년대까지도 우리 사회에는 미친 사람이 마을마다 한 사람쯤 있었다. 사람들은 그들을 '제정신이 나가거나' '정신 없는' 사람이라고 생각했지, '비정상인' 사람이라고 보지는 않았다. 그들은 감금당하지 않고 이웃과 함께 살았다. 아무도 그들을 무서워하거나 피하지 않았다. 오히려 그들은 마을사람들의 조롱거리거나 사회적 약자였다.

내가 자란 동네에도 정신이 나간 아주머니가 한 분 있었다. 아침 일찍 뒷동산에 올라가 큰 소리로 노래를 부르기도 하고 사흘이 멀다 하고 술을 마시고 소란을 피워 남편에게 얻어맞곤 했지만, 식당일을 하면서 가족과 함께 살았다. 남편과 싸우는 날에는 며칠씩 장사를 쉬기도 했지만 아무도 그 아주머니를 격리하거나 감금하려고 들지 않았다. 동네 어린아이들도 아주머니를 무서워하거나 불결하다고 생각하지 않았다.

우리 사회에서 서구적인 의미의 정신병, 또는 정상성 개념을 갖게 된 것은 근대화 이후이다. 중학교 때였다. 친구와 함께 〈뻐꾸기 둥지 위로 날아간 새〉를 본 적이 있다. 중학생 관람 불가 영화였지만 그해 아카데미 영화상 다섯 개 부분을 휩쓸며 최고의 찬사를 받은 것에 솔깃해져서 우리는 기말고사를 마치자마자 영화관으로 달려갔다. 중학생인 우리들에게는 어려운 영화였지만 어스름을 가르며 정신병원을 탈출하는 인디언 추장의 모습을 담은 마지막 장면은 지금도 기억이 생생하다.

영화는 범죄로 수감 중인 주인공이 정신감정상 정상 판정을 받았지만 좀 더 편하게 지내고 싶어 정신병원에 들어가기를 자청하는 것으로 시작된다. 그는 수간호사로 대표되는 정신병원의 감시와 처벌 시스템에 저항하면서 이미 무기력과 복종을 일상화한 환자들을 부추겨 그들의 권리를 회복시키려고 애쓴다. "텔레비전 프로그램을 선택할 권리"가 있고 "자기 물건을 마음대로 사용할 권리"가 있음을 주장했지만 정해진 규율에 따라 고분고분 말 잘 듣는 환자를 원하는 의료진에 의해 그들의 요구는 묵살되었다. 정신병원은 감시와 처벌을 통해 환자들의 자유를 억압했으며 의학이란 이름과 권위로 폭력을 행사하여 '정상적인' 환자들을 치유 불가능한 상태에 빠뜨렸다.

들어갈 때는 마음대로 들어가지만 나올 때는 의료진의 동의

없이 나올 수 없다는 사실을 깨달은 주인공은 탈출을 시도하지만 실패하고, 수차례 전기충격과 전두엽 절제술을 받기에 이른다. 결국 그의 비참한 모습을 지켜본 그의 친구 인디언 추장이 인간으로서 존엄성을 잃어버린 그를 압사시키고 그가 제안한 방법대로 병원을 탈출한다.

영화가 묘사하는 정신병원은 '정상적인' 인간인 의료진에 의해 비인간적인 모독과 폭력이 일상이 되고 조직이 요구하는 규율에 맞추기 위해 환자들의 권리와 자유가 억압되는 장소이다. 심지어 치료라는 명목으로 전기충격과 전두엽 절제술이 자행되어 환자의 비인간화가 이루어진다. 영화는 정신병원을 '더 이상 사람 구실 못하는 사람들을 감금하는 곳'일 뿐 아니라 '정상적인 사람마저 미치게 만드는 끔찍한 장소'임을 고발하며 정상과 비정상에 대한 의학적 판단에 의문을 던진다.

40여 년 전에 만들어진 이 영화는 조직과 제도가 숨기고 있는 기만과 허위, 그에 맞서는 개인의 무력함을 이야기하지만, 우리 사회에서 '미침'에 대한 근대적 인식이 확산되는 데 영향을 주었던 것으로 보인다. 70년대 한국사회에는 서양근대와 전통이 어지럽게 뒤엉켜 있었던 까닭에 '미침'도 전통적인 관념과 서양 정신의학적 관념이 혼재했으나, 얼마 지나지 않아 다른 분야와 마찬가지로 '미침'에 대한 전통적인 접근 방법 역시 서양의 의료 체계로 대체되었다. 서양 정신병리학과 심리학이 '미침'에 관한 담론으로서 최종 권위를 획득했으며 우리 마을 아주머니 같은 분은 한국사회에서도 더 이상 찾아보기 어려워졌다.

미셸 푸코는 오늘날 심리학이나 정신병리학에서 흔히 사용되는 '정상성' 개념이 19세기 이후에 만들어진 시대적 담론이라는 주장을 제기했다. 그의 주장에 따르면, 계몽주의 시대의 도래와 함께 이성적인 것이 사회를 주도하게 되자 이성에 반대되는 것들은 모두 비정상으로 취급되었다. 노숙자, 가난한 사람, 정신질환자, 신체장애자에게 '비정상'이라는 딱지가 붙여졌으며 정상적인 사람을 보호하기 위해 그들을 사회에서 격리해야 한다는 생각이 만연해졌다. 19세기 들어 광인수용소에서 역병이 일어난다는 괴소문이 돌자 미친 사람들에 대한 관심과 공포가 다시 일어났으며, 수용소 밖의 사회를 보호하기 위해 의사들이 수용소로 파견되었다.

이때부터 광인, 이른바 '미친 사람'은 인간이 타락할 수 있는 최후의 단계이며 인간성이 완전히 부정된 상태로 여겨졌으며, 의사와 의학은 광인을 지배하고 수용소를 조직하기에 이르렀다. 광인은 "노동하는 이성"의 반대편에 설정된 "나태라는 비이성"의 한 부분으로서 사회에서 격리되었다. 지금은 우리 사회에서도 정신병원이 낯설지 않지만, 정신병자를 감금하고 보호하는 조치가 강제로 시행된 것은 서양에서도 2세기 정도밖에 되지 않았다.

푸코에 따르면, 서양의 정신병리학 발달은 의학의 발달보다 권력과 더 관계가 깊다. 질병을 정의하는 방식이나 치료하는 방식, 질병을 설명하는 방식에 커다란 단절이 19세기에 들어와 나타났으며, 정신병리학 담론은 특정한 사람들의 사고방식과 행동방식을 '정신병'으로, 그 사람들을 정신병자라는 '대상'으로 정의하고, 그 '병'을 이유로 그들을 특정한 장소에 감금하고 그들에게 특정한 조치를 취함으로써 그들의 행동과 실천을 특정한 것으로 만들었다는 것이 그의 주장이다.

'미침'에 대한 학문적 연구가 시작되자 예전에는 질병으로 간주되지 않던 것이 질병으로 간주되거나 그 반대인 경우도 나타났다. 편집증, 정신분열증, 신경증, 간질병 등등 다양한 증상과 병들, 그것에 대한 정의와 설명, 그것들 간의 관계와 분류 체계가 만들어지고, 어떤 사람이 보여주는 태도나 현상이 이처럼 분류된 증상들의 정의에 포섭되기만 하면 그의 동의 여부와 무관하게 그는 '환자'로서 정신병리학적 담론의 대상이 되었다. 이러한 의학적 결정은 19세기 말 히스테리 환자의 증가에 암시적으로 영향을 주었다.

서양의 심리치료는 의사가 환자를 진단하고 처방하는 의학적 치료를 모델로 한다. 심리적 건강에도 신체적 건강처럼 규준이 있고, 특별한 장애가 없다면 심리적 건강이 유지될 거라고 믿으며, 극심한 스트레스가 없다면 심장이 제대로 작동되듯이 심리적 건강도 마찬가지일거라고 가정한다. 그러므로 심리치료는 정상에서 어긋나거나 적응하지 못한 사람들을 정상적인 심리 상태로 바꾸는 일이며 상담자는 정상적인 삶, 성공적인 삶에 대한 전문 지식을 가진 사람으로 간주된다. 상담자의 역할이란 내담자의 심리 상태가 정상인지 아닌지 진단하고 그 진단에 따라 의사가 약을 처방하

듯 해결책을 제시하는 것으로, 이는 문제가 되는 행동이 있고 올바른 해결 방법이 있다는 것을 전제한다.

그러므로 심리치료는 이미 정신의학적으로 확립된 '정상성'의 기준을 적용하여 문제를 해결하는 과정에 지나지 않는다. 한국에서도 서양의 정신의학 관련 지식들이 한국인의 심리적 증상을 진단하고 규정하는 데 사용되고 있는데, 서양 기준에 따라 만들어진 진단체계, 즉 정신장애에 관한 진단 및 통계편람 제4판DSM-Ⅳ을 문화적 차이를 고려하지 않고 일률로 적용하여 '증상'을 확인하고 '건강한' 사람인지 아닌지를 판단한다.

한편 이러한 대상의 정의를 통해 정신병리학 담론의 한계가 그어진다. 정신병리학 담론은 이 한계 안에서만 작동할 수 있다. 의사의 판단만 허용되며 그 판단은 환자에게 완전한 지배력을 갖는다. 그러나 그 판단은 의사의 개인적인 사고가 아니라 정신병리학이 제공하는 개념들로 이루어진다. 그 개념들은 다른 개념들과 이어져 있기 때문에 정신분열증 환자에 대한 판단이나 조치는 그 개념들의 연쇄가 허용하는 한계 안에서 이루어진다.

정체성의 발명을 통해 진단은 병증의 원인이 된다. 다시 말해 병증이 존재하기 때문에 진단이 이루어지는 것이 아니라 진단이 존재하기 때문에 병증이 확산된다. 정신병리학은 문화적 산물이다. 병증은 객관적으로 존재하는 것이 아니라 시대와 문화에 따라 규정된다. 한 사회가 어떤 가치를 추구하느냐에 따라 병증은 다르게 규정된다. 에단 와터스Ethan Watters는 저서 『미국처럼 미쳐가는 세계』에서 선진국에서 발생한 정신병증이 어떻게 전 세계로 확산되었는지에 대한 충격적인 진실을 들려준다.

우울증 처방약인 '프로작'을 개발한 다국적 제약회사로부터 우울증 연구비를 지원받은 연구자들이 우울증의 증세를 규정하고 그에 따른 진단 체계를 마련했다. 이른바 '과학적'이라는 진단 체계에 따라 우울증 진단을 받은 환자는 그 순간부터 우울증 환자가 된다. 권위 있는 전문가들에게 받은 진단에 따라 환자는 정신병리학 담론의 대상이 되었다.

증상이 일단 우울증이라고 확정된 뒤 그런 관점에서 마음의 상태를 관찰하기 시작하면 모든 행동과 생각이 우울증 증상으로 보인다. 심지어 전에 없던 증상이 나타나기도 한다. 전전두엽의 시뮬레이션 기능이나 위약효과와 같이 어떻게 유도되는가에 따라 마음은 그것에 적응하고 그 진단에 해당하는 새로운 증상을 일으키기도 한다.

이렇게 해서 우울증 환자가 증가하게 되었다. 우울증 증상을 보이는 환자가 늘어날수록 전문가의 권유에 따라 약물치료가 증가했으며 제약회사는 '우울증' 환자에게 '프로작'을 판매하여 막대한 이익을 올렸다. "죽음에 이르는 감기"라는 유명한 슬로건은 다름 아닌 제약회사의 상술이었다.

이 책에서 소개하고 있는 또 다른 정신병증인 거식증은 미국의 팝가수인 카렌 카펜터가 사망한 사건을 계기로 세상에 널리 알려진 질환으로, 저자는 20세기에 나타난 새로운 정신질환의 하나인 거식증 역시 정신의학 담론이 만든 발명품이라고 주장하고 있다. 과거에 전혀 보고되지 않았던 거식증이라는 증상에 대해 저자는 그것이 단순한 정신질환이 아니라 근대적 신체관에 의해 발생한 증상이라고 단언한다. 근대 이후 날씬함이 여성적 아름다움의 중요한 기준이 된 이후로 '날씬한 여성의 몸'에 대한 강박관념이 발생했으며 그와 함께 음식을 거부하는 독특한 질환인 거식증이 발명되었다는 것이다.

동아시아에서 거식증이 크게 주목을 받은 것은 1960년대 홍콩에서 한 여학생이 길을 걷다 쓰러져 사망한 사건 때문이다. 거식증을 앓던 여학생이 거울에 비친 자신의 모습을 보면서 과체중이라고 생각했을 때, 그는 자신의 몸을 여성의 매력과 섹슈얼리티에 대해 사회적으로 공유된 '날씬함'이라는 담론에 따라 바라보았던 것이다. 이 사건이 홍콩 언론에서 대서특필된 이후 중화권에서는 예전에 없었던 거식증 증상이 번지기 시작했다. 음식물 거부는 중화권에서 매우 이질적인 현상이었기 때문에, 서양의 정신병리적 관념과 지식 체계가 홍콩으로 수입되지 않았다면 거식증은 일어나지 않았을 거라고 저자는 단언한다.

거식증이 일단 대중에게 각인되자 거식증 환자가 급격하게 증가했다. 거식증이 갑자기 늘어난 이유에 대해 에단 와터스는 자신의 불만을 다른 사람의 관심을 받을 수 있는 방식으로 표현하려는 사람들의 심리를 근거로 제시한다. 다시 말해, 거식증이 대중에게 알려지기 전에는 음식물 거부가 심각하게 발전한 경우가 거의 없었으나, 거식증이 사회적 관심의 대상이 되자 사람들은 거식증을 통해 자신의 문제를 드러내고 다른 사람의 관심을 끌어 모을 수 있음을 무의식적으로 알게 되었다는 것이다. 현대사회에서 거식증은 어떤 심각한 상황에서 사람들이 자신의 불만이나 욕망을 표출하는 방법이기도 하다. 19세기에 신경증이 그 역할을 했다면 20세기 이래로 우울증과 거식증이 그것을 대신하고 있다.

현대 심리학이 전제하고 있는 가정 중 또 한 가지 중요한 개념은 '발달' 개념이다. 대부분의 대학에서 심리학의 기본 커리큘럼으로 발달심리학을 채택하고 있을 정도로 '발달' 개념은 현대 심리학의 특징을 잘 보여준다.

발달심리학에서는 인간이 유년기부터 성인이 될 때까지 특정 시기마다 신체적 발달뿐 아니라 정서적, 인지적, 인격적 발달을 겪는다고 설정한다. 하지만 '발달'은 서양 심리학에만 나타나는 특수한 개념이며, 인간의 생애를 발달단계별로 나누어 생각하는 것도 역사적·문화적 산물이다. 예를 들어 청소년기에 대해 특별한 관심을 갖게 된 것은 낭만주의 시대부터였다. 괴테의 『젊은 베르테르의 슬픔』은 청소년기를 '질풍노도'의 시기로 정의하는 데 결정적인 역할을 했다.

대학 동료 중 중학교 2학년 딸을 둔 이가 있는데, 질풍노도의 시기를 겪고 있는 아이는 무슨 이야기만 하면 "나도 중학생이야."

라고 소리 지른다고 한다. 딸이 잘못된 행동을 고치지 않고 마치 "나도 중학생이거든!", "사춘기 땐 원래 이런 거야!"라고 하는 듯 행동한다는 것이다. "중2가 무서워서" 북한이 남침을 하지 못한다는 우스갯소리가 있을 정도로 이른바 '중2병'은 사춘기 청소년에게 나타나는 보편적인 현상으로 알려져 있다. 입시 스트레스가 초·중학생들에게까지 미치는 한국사회에서 중2병은 청소년들이 자신에게 가해진 심리적 압박과 스트레스를 표출하는 방법으로서 용인되고 있는데, 이는 현대사회에 나타나는 독특한 현상이다. 언론도 어른들도 요즘 아이의 발달단계에서 일어나는 정상적인 반응으로 이해하며 용납하고 주변에서 그렇게 인정하니까 아이들도 당연하다고 생각한다.

중학교 2학년 여학생이 거친 공격성을 자신의 특권인 양 부모에게 엄포를 놓는 것은 사회적으로 공유된 '정상성'에 대한 인식 때문이다. 정상성에 대한 판단은 특정 행위를 지지하고 사회적으로 용인하게 한다. 사춘기의 반항을 정상적인 행동이라고 인정하니까 사춘기가 되면 누구나 반항을 하는 데 망설임이 없어진다.

하지만 사춘기나 중2병은 모든 문화권에서 나타나는 현상이 아니다. 조혼 풍습 때문에 옛날에는 15살이면 벌써 어른 대접을 받았다. 사춘기에 해당하는 15세에 배움에 뜻을 세웠다는 공자의 이야기는 동아시아 문화에서 본받아야 할 본보기였다. 전근대 사회에서는 청소년 시기를 어른이 되기 위한 통과단계로 보지 않았다. 어린아이는 어른과 다른 존재가 아니라 '작은 어른'으로 취급되었으며, 어린아이가 어른이 되는 과정을 '발달'이라고 부르지 않았다.

역사적으로 보면 사춘기의 특징이 실제 행동과 심리에서 보편적으로 나타난 것은 낭만주의 이후 사춘기가 정상적인 발달의 한 단계로 설정된 이후라는 주장이 사실에 더 가깝다. 실제로 전근대 사회의 청소년들에게 '질풍노도'와 같은 현상은 일어나지 않았다. 그들은 어른이 제시하는 생활 기준과 윤리 규범들을 별 저항 없이 수용했다. 다른 시대, 다른 문화와 비교해 보아 결코 정상적이지 않은 행동을 '사춘기'에 나타나는 정상적인 행동이라고 간주하는 것은 현대사회에 나타난 독특한 해석이다.

정상성에 대한 심리학 담론이 작용하는 한, 집단적 최면 상태에서 벗어나기는 어렵다. 일단 전문가에 의해 "당신은 우울증입니다.", "당신은 거식증입니다."라는 진단을 받으면 대부분의 사람들은 전문가의 권위에 압도되어 자신이 병들었다고 생각하고 병을 자신의 정체성으로 삼는다.

사람들은 정체성을 내면적이고 본질적인 것으로 생각한다. 그것을 변경할 수 없는 것이라고 믿기 때문에 성격검사나 심리척도 검사의 결과들을 자신의 본질로 받아들인다. 한번 정체성이 형성되면 고착되어 다른 정체성을 갖기 어렵다. 심리적인 문제로 상담을 받으려는 사람들은 자기의 문제가 본질을 반영한다고 생각하기 때문에 해결 방법을 찾지 못하고 낙담한다.

최근 들어 심리 문제를 내적인 본질로 보지 않고 문화적 산물로 이해하려는 새로운 경향이 나타나고 있다. 이 관점에서는 심리 문제를 실체화하고 어떤 한 개인이 문제를 만든 주체라고 보는 기존의 치료 방법을 거부한다. 본질이라는 것을 믿는 대신, 지식은 사회적으로 만들어진 것이라고 생각한다. 포스트모더니즘의 영향을 받은 내러티브 연구, 이야기치료, 가족치료 등은 심리적 표준이나 척도 역시 문화권에 따라 변경 가능한 것으로 본다.

이야기치료는 정상적인 이야기와 비정상적인 이야기가 있는 것이 아니라 여러 가지 이야기가 있을 뿐이라는 새로운 관점에 기초를 두고 있다. 비교의 준거점이 달라지면 우리 사회에서 정상이라고 여기는 행동이 오히려 비정상이거나 극히 부분적인 현상이 된다. 일탈해도 괜찮다는 말은 아니다. '일탈'이라는 말에는 '정상'과 '비정상'이라는 개념이 전제되어 있기 때문에, 이야기치료는 오히려 지금까지 인정되어온 '정상인 것'에 의문을 제기하고 다른 가능성을 찾는다. 그러므로 심리학이 기초하고 있는 개념들에 대한 해체적 이해 없이 새로운 이야기를 쓰는 것은 불가능하다.

세 살 버릇 여든 가는 새로운 이야기 쓰기

이야기의 치유적 힘은 오래전부터 알려져 있었지만 이야기를 심리치료에 활용한 것은 비교적 최근 일이다. 20세기 후반 경험적 실재가 언어에 의해 구성된다는 포스트모더니즘 사유가 인문학뿐 아니라 사회과학 전반에 영향을 끼친 결과, 심리학에도 기존의 심리치료와 방법론적으로 전혀 다른 이야기치료가 도입되었다.

이야기치료는 삶은 이야기로 이루어져 있으며 우리 모두는 자신의 이야기를 능동적으로 구성할 수 있다는 자각에서 시작되었다. 이야기치료의 목표는 내담자가 자신도 모르게 내면화한 부정적인 이야기에서 벗어나 스스로 주도적으로 이야기를 선택하도록 하는 것이다.

이야기치료는 지나간 과거에서 문제의 원인을 찾는 기존의 심리치료와 달리 과거에서 문제 해결의 자원을 찾는다. 서양 심리학은 무의식의 발견을 통해 심리적인 차원에서 우리가 과거와 깊이 연결되어 있음을 밝혔지만 심리 문제의 원인을 모두 과거로 환원시킴으로써 지나치게 인과론적이라는 비판을 받고 있다. 만약 지금 경험하는 모든 심리 문제의 원인이 과거에 있다면 과거를 되돌리지 않는 한 문제 해결의 가능성은 열리지 않을 것이다.

그런데 과거가 현재를 결정하는 것이 아니라 현재가 과거를 만든다면 과거로부터 긍정적인 자원을 찾아내는 것이 가능하지 않을까? 동시에 새로운 미래를 만드는 것도 가능하지 않을까? 전쟁 중에 심리적 외상을 입은 사람들 가운데는 외상 후 신경증에 걸리지 않은 사람도 있다. 외부 충격이 신경증의 원인이 된다는 것은 틀림없지만 결정적인 역할을 하는 것은 아니다.

이야기치료는 삶의 의미가 결정되어 있지 않다는 점을 강조한다. 세상은 발견되고 알려질 수 있는 객관적인 것이 아니다. 세상은 사람에 따라 상대적으로 다르며, 우리가 참여하기 전까지는 어떤 곳인지 결정되어 있지 않다. 그러므로 세상이 어떤 곳인지 알려면 세상에 참여하여 해석하는 수밖에 없다. 우리가 어떻게 해석하느냐에 따라 세상의 의미는 달라진다.

이야기치료의 창안에 깊은 영감을 준 미국의 정신과 의사 밀턴 에릭슨Milton Erickson은 프로이트와 달리 무의식을 인간에게 주어진 "풍부한 자원"이라고 보았다. "사람은 자원이 풍부한 존재"라는 생각은 그의 심리학에서 얻을 수 있는 가장 독특하고 놀라운 관점이다. 여러 가지 난관에도 불구하고 삶을 가능성이 충만한 것이라고 믿었던 그의 긍정적 사고는 소아마비로 죽음의 고비를 넘겼던 자신의 개인사에서 얻은 통찰을 바탕으로 한다.

그는, 우리는 삶을 통해 배움을 얻으며 삶이란 앞으로 무엇이 나타날지 전혀 모르는 탐험과 같다고 보았다. 그것이 무엇이건 흥미로운 것이며 우리는 그것을 적절하게 다룸으로써 배우고 성장하며 삶을 풍요롭게 만들 수 있다고 믿었다. 에릭슨은 이런 믿음을 바탕으로 심리치료에서 '해결중심치료'라는 새로운 영역을 개척했다.

이야기치료도 해결중심치료의 하나로, "난 할 수 있어!"라고 순진하게 믿는 긍정심리학이나 모든 것을 과거 탓으로 돌리는 정신분석학과 달리, 세 살 때 버릇들 중 지금까지 살아남은 부정적인 버릇이 아니라 기억하지 못하지만 문제 해결에 도움이 되는 버릇을 찾아내어 "세 살 버릇 여든 가는" 새로운 이야기를 쓴다. 또는 지금까지 문제라고 생각했던 버릇을 자원으로 활용하는 새로운 이야기를 쓰기도 한다.

정체성은 반복되는 이야기들에 의해 만들어진다. 절대적이고 변치 않는 정체성은 없다. 하지만 실제로 우리는 그때그때 다른 정체성으로 살아간다. 전업주부는 언제나 전업주부로서 사는 것이 아니다. 전업주부의 삶 속에 누군가의 딸, 대한민국 시민, 자선단

체의 자원봉사자, 종교단체의 신도라는 역할이 동시에 있다. '나' 속에서 다양한 정체성이 만나고 흩어진다.

또한 정체성은 다른 사람과의 관계 속에서 형성된다. 선생님이 없으면 학생도 없고, 자식이 없으면 부모도 없다. 학생의 정체성 속에는 선생님의 정체성이 자리 잡고 있고, 부모의 정체성 속에는 자식의 존재가 얽혀 들어가 있다. 나는 내 속에만 있는 것이 아니라 내 밖에도 있다. 내 이야기는 내 밖의 이야기와 연결되어 있다. 개인의 정체성은 인간 내부에 존재하는 것도 아니고 다른 어떤 조직 속에 존재하는 것도 아니다.

세계도 자아도 객관적으로 존재하는 것이 아니라 사회적으로 구성된 것이라면, 심리 문제와 사람은 분리될 수 있다. 사람들이 자신의 본질이라고 생각하는 정체성이 반복되는 이야기에 의해 만들어진 것이라면, 문제와 사람을 분리하는 것이 가능해진다. 이야기치료에서는 심리 문제와 문제를 가진 사람을 '동일시'하지 않고, 문제를 고착된 것이 아니라 '변화 과정'의 하나로 본다.

그러므로 이야기치료는 우리가 자신의 삶에 어떤 의미를 부여하고 있는지를 이해하는 것부터 시작한다. 우리는 일상적으로 경험하는 사건들 하나하나에, 나아가 자신의 삶 전체에 의미를 부여한다. 아니, 내가 내 삶에 부여하는 의미에 따라 개별적인 사건들의 의미가 결정된다. 삶은 이야기 방식으로 서술된다. 세상은 이야기로 이루어져 있기 때문에 이야기를 없애는 것은 불가능하다. 그러므로 이야기 밖으로 나오는 것은 불가능하지만 이야기를 바꾸는 것은 가능하다. 밀턴 에릭슨이 지적하듯 "어떤 경우든 대안은 무수히 많다."

이야기를 바꾸려면 먼저 그 이야기가 완결된 것이라는 생각을 버리지 않으면 안 된다. 지금까지 널리 알려진 이야기일지라도 시대가 바뀜에 따라 새로운 의미가 부여되거나 전혀 다른 이야기가 된다. 최근 중국에서 이루어지고 있는 남송시대 장군 악비岳飛에 대한 재평가는 시대나 지역에 따라 하나의 이야기가 전혀 다른 이야기가 될 수 있는 사례를 보여주고 있다. 금의 침략에 대항하여 남송을 지키려고 했던 악비는 최근까지도 중국역사상 손꼽히는 충신으로 높이 칭송을 받았다. 하지만 동북공정이 시작된 후 여진족의 협력이 필요해짐에 따라 악비에 대한 평가는 극적으로 달라졌다. 한족 입장에서 볼 때는 불세출의 영웅이지만 여진족 입장에서 볼 때 그는 적군의 장수이다. 소수민족을 통합하려는 중국의 새로운 정치적 요구에 의해 송의 역사만이 아니라 금의 역사까지 포용하게 되자 지금까지 알려진 충신 이미지가 바뀌지 않으면 안 되었다. 이에 따라 악비의 또 다른 행적을 보여주는 역사학 연구결과들이 속속 발표되었고, 그 결과 그는 충신이 아니라 중국을 분열시킨 분열주의자로 재평가되고 있다.

완결된 사건을 기술하는 역사조차 시대에 따라 재해석된다. 하물며 자기 이야기이랴. 같은 이야기라도 새로운 맥락에 기입하면 전혀 다른 이야기가 될 수 있다. 그러므로 이야기는 '진실'이지만 완결된 것은 아니다. 이야기 속에 감춰진 원래의 의미는 없다. 사람들이 서로 작용하는 순간마다 이야기는 변화하거나 새로워질 수 있기 때문에 세상을 다르게 이야기하는 것은 가능하다.

중요한 것은 이야기 자체가 아니라 우리가 그 이야기와 어떻게 관계하느냐이다. 이야기의 의미는 우리가 세상과 맺는 관계 속에서 발견된다. 다시 말해 의미는 사실fact이나 텍스트text가 아니라 그것과 내가 맺는 맥락context에 따라 달라진다.

하지만 오랜 기간 반복되어온 이야기를 바꾸기란 쉽지 않다. "난 안 돼!"라고 말하는 사람들은 그들의 과거에서 안 되는 이유만 찾아내는 경향이 있다. 반대로 "난 할 수 있어!"라고 믿는 사람들은 그들의 기억 속에서 성공한 사례를 찾아낸다. 자신감이 있는 사람들은 긍정적인 과거를 기억하거나 부정적인 것마저 긍정적으로 받아들이는 반면, 자신에 대하여 부정적인 생각을 가지고 있는 사람들은 부정적인 과거만 기억하거나 긍정적인 것마저 부정적으로 해석한다.

그들은 "옛날에 있었던 것이 지금은 존재하지 않는 것을 알면서도 현재 있는 것이 장래에도 있을 것이라고 굳게 믿고"[2] 끊임없이 집착을 일으킨다. "과거를 애석해하고, 미래에 희망을 품으며, 현재에 애착한다."는 불교 경전의 말처럼 우리는 항상 속박되어 미혹의 생존을 반복한다. 따라서 자기 삶의 의미와 변화를 스스로의 힘으로 정의하기 위하여 끊임없는 성찰과 반성이 필요하다. 일반적으로 심리치료 전문가들은 내담자에게서 학문적으로 정리된 병증을 찾아낸다. 대개 심리치료는 치료 목표를 위해 내담자를 통제하려고 한다. 상담자는 내담자의 심리 문제에 대한 전문 지식을 갖고 치료 방법과 과정을 계획하거나 내담자에게 올바른 삶을 살도록 방향을 제시해주는 권위자로 간주된다. 그러므로 증상이 개선되더라도 내담자는 단지 전문가의 처치에 내맡겨진 수동적인 존재일 뿐이고, 그 과정을 통해 내담자의 통찰력과 실천적 의지가 향상되느냐의 문제는 고려 대상이 아니다.

내담자가 문제 해결의 주체가 아니라면, 치료된 이후에 다른 증상이 발생한 경우 다시 전문가에게 의존해야 한다. 감기가 나은 후에도 다시 감기가 들면 약을 복용해야 하는 것처럼 의학을 모델로 하는 심리치료는 내담자를 객체로 삼기 때문에 내담자는 문제 해결의 주체로 성장하지 못한다. 진정한 해결은 건강해지는 것이다. 그래서 다시 감기에 걸리지 않게 되어야 하며, 설사 다시 감기에 걸렸다 하더라도 감기약에 의존하지 않고 스스로 이겨낼 수 있어야 한다.

전문가의 진단이 내담자의 내면에서 일어난 심리 문제를 제대로 파악한 것일까? 이 점 역시 분명하지 않다. 어떤 상황을 문제라고 보느냐에 따라 내담자의 심리적 상황이 구성되거나 통제되며, 외부 관찰자인 상담자 입장에서 본 문제들을 내담자에게 덧입힐 수 있다. 전문가의 진단은 옳든 그르든 내담자에게 깊은 영향을 준다. 상담자의 진단이 내려지면 내담자는 상담자의 권위에 압도되어 그것에서 벗어나기가 매우 힘들다. 우리 몸이나 행동, 마음의 상태도 어떤 부분에 관심을 두고 보면 그 부분이 증폭되어 느껴진다. 마음은 관심을 두는 것에 따라 확대되고 증폭된다. 만약 내버려뒀으면 그냥 흘러갈 것들이 강화된다. 자기 문제를 자기 정체성으로 고착화하게 된다.

포스트모더니즘에 근거한 심리치료는 과거로부터 현재 고통받고 있는 문제의 원인만이 아니라 문제 해결을 위한 자원도 찾는다. 이전에는 중요하다고 생각지 않았거나 잊어버렸던 삶의 경험들 중에서 자신에게 매우 중요한 경험들을 치유의 원천으로 이용한다.

이야기치료는 문제에 지배당하던 삶을 내담자가 원하는 방향으로 전환할 힘을 갖도록 한다. 심리학에 대한 전문 지식을 가진 상담자라고 해서 여러 다양한 내담자의 문제를 모두 이해하는 것은 아니다. 마음의 문제에 대한 최고의 전문가는 바깥에 있는 상담자가 아니라 내담자 자신이다. 내담자는 자신의 문제를 가장 잘 알고 있는 사람이다. 땅에 넘어진 사람은 땅을 짚고 일어나야 하듯이 문제가 있는 곳에 해결책도 있다.

그러므로 내담자가 변하면 진단도 변해야 한다. 심리 문제는 담론에 의해 결정되며 담론은 서로 영향을 주고받는 대화에 의해 만들어진다. 우리의 현실 인식은 "우리가 가지고 있는 언어 체계에 의해 이끌리며 동시에 그것에 의해 제약을 받는다." 자기와 타인, 세계를 어떻게 진단하는가는 사람들 사이에 공유되고 있는 언어의 상호작용이나 언어 습관에 의해 결정된다.

우리는 사람들과 이야기를 나누며 내 삶의 이야기를 더욱 풍성하게 만들어 삶뿐만 아니라 세계관까지도 변화시킬 수 있다. 심리치료 역시 "문제를 둘러싼 대화를 통해 새로운 의미를 만들어 내는 언어활동"이다. 그것은 협력적인 대화 속에서 의미를 창조해 가는 과정이다. 심리치료는 치료에 참여한 사람들의 이야기가 융합하면서 이야기의 의미가 변화하고 경험을 향하는 새로운 관점이나 구별 방법이 계발되어 새로운 자세로 전개되는 하나의 과정이다. 이러한 과정을 구성하는 중요 요소들은 담론에 의해 만들어진 새로운 이해 방법에만 있는 것이 아니라, 우리가 자신의 맹목성을 깨닫게 될 때 나타나는 다른 의미의 질서 속에도 이미 부여되어 있다.

이야기치료는 상담기법보다 상담자와 내담자의 관계가 치료적 변화를 가져온다는 믿음에 근거하여 상담자와 내담자의 대화를 재구성한다. 이야기를 치료적으로 이용한다는 것은 사람들의 고유한 이야기를 확장시키고 풍요롭게 하는 작업이다. 개인이 삶에 대한 이야기를 풍성하게 확장시킬 때 청중의 역할이 매우 중요하다. 개인의 이야기는 사회적으로 구성된 문화 규범이나 관습, 그리고 그로 인해 발생되는 권력 관계에 의해 형성되기 때문에 청중의 존재는 내담자의 이야기 형성과 다시 쓰기에 큰 영향을 준다. 그러므로 상담은 내담자의 심리 상태를 함께 구성하고 변화를 촉진하는 방향으로 이루어진다.

따라서 포스트모더니즘 심리치료는 기존의 심리치료와 달리 심리 문제를 '비병리적'으로 대한다. 문제를 어떻게 보느냐에 따라 해결 방법도 달라지기 때문에 병증으로 간주되는 상황들을 다른 관점에서 이해해보려고 한다. 우리는 사회 속에서 살고 있으며 성공과 실패가 사회적인 기준에 따라 평가되기 때문에 사회적 통념을 모두 버릴 수는 없지만, 새로운 가능성을 모색할 수는 있다.

이야기는 의미 없이 너부러져 있는 사건들을 하나의 이야기로 재구성하여 이야기의 주인공이 어떤 삶을 살아가는지, 어떻게 성장했는지, 성공과 실패는 무엇인지를 시간 흐름 위에 펼치는 것이다. 이야기가 진행되면서 새로운 사실들이 발견되고 '지금까지 말한 적이 없는' 스토리가 만들어진다. 거기에는 복합적인 의미도 있고 미처 알아차리지 못했던 의미도 있는데, 스토리텔링을 통해 그것들이 가지고 있는 새로운 의미들이 드러난다. 인생에서 한 번도 성공한 적이 없다고 생각하는 사람에게서 아주 작지만 성공한 이야기를 끄집어냄으로써, 그동안 겪은 실패를 성공으로 가는 길에 거쳐야 하는 필수 코스로 다시 쓸 수도 있고 숨겨진 재능을 발견하기 위한 발견의 길로 재구성할 수도 있다.

이처럼 이야기는 지금까지 지리멸렬하거나 무의미했던 삶에 질서를 가져다주고 통합적인 인식에 도달하게 한다. 우리로 하여금 타인에 의해 주어진 자아 이미지에 고착되지 않고 자신의 관점을 확대시키고, 자기 이야기를 항상 변화하고 발전하는 것으로 만들 수 있게 한다. 이야기치료의 가장 큰 힘은 절망에 빠졌을 때조차 이야기를 계속 쓸 수 있다는 점이다.

이야기는 우리의 경험을 확인하고 인정하고 지지해줄 수 있다. 그리하여 이야기의 주인공인 '나'는 다른 사람의 동의에 기대지 않고 자기 삶의 의미를 찾을 수 있다. 자기 삶의 의미와 변화를 스스로의 힘으로 정의하기 위하여 끊임없는 성찰과 반성이 필요하지만 자기 내부에서 자기를 바라보는 연습도 필요하다. 명상이나 알아차림도 좋지만 이야기 쓰기도 자기 삶의 의미를 스스로 정의하고 발견하는 방법 중 하나다.

성숙한다는 것은 타인의 지지에 의해 유지되던 자존감과 자아 정체성을 자기 지지로 전환하는 것이다. 공자는 『논어』「위정편爲政篇」에서 십년 단위로 자신의 삶을 이야기 하고 있다.

나는 나이 열다섯에 배움에 뜻을 두었고 吾十有五而志于學
서른에 뜻이 확고하게 섰으며 三十而立
마흔에는 마음의 동요가 없어졌고 四十而不惑
쉰에는 하늘이 부여한 내 삶의 의미를 깨달았으며 五十而知天命
예순에는 남의 말을 듣고 모두 수용할 수 있을 정도로 마음이 순화되었고 六十而耳順
일흔이 되어서는 무엇이든 하고 싶은 대로 하여도 법도에 어긋나지 않았다. 七十而從心所欲 不踰矩

이 이야기는 오롯이 자기 지지로 일관된 공자의 주체적인 일생을 잘 보여주고 있다. 공자도 나이 오십이 되어서야 천명을 알았다고 할 정도로, 누군가의 동의나 지지 없이 스스로 자신의 존재 의의를 찾는 것은 어려운 일이다.

이제 부정적인 과거를 잊고 과거의 이야기 속에서 긍정적인 자원을 찾아내어 새로운 이야기를 만들면 어떨까?

불교에는 "전생을 알고 싶다면 현재의 나를 보면 되고 미래의 나를 알고 싶을 때도 현재 내 모습을 보면 된다."는 말이 있다. 과거의 모습에 연연하지 말고 자신의 정체성을 새롭게 정의하여 과거와 미래, 그리고 현재를 새로 만들라는 이야기다. "모든 중생이 불성을 가지고 있다."는 말은 모든 인간이 깨달음을 얻을 수 있을 뿐 아니라 자기 자신과 주변 사람들과의 관계에서도 완전히 새롭게 시작할 수 있음을 의미한다. 이처럼 위대한 잠재력을 일깨우는 것, 그것이야말로 내면의 '불성佛性'을 일깨우는 일이 아닐까?

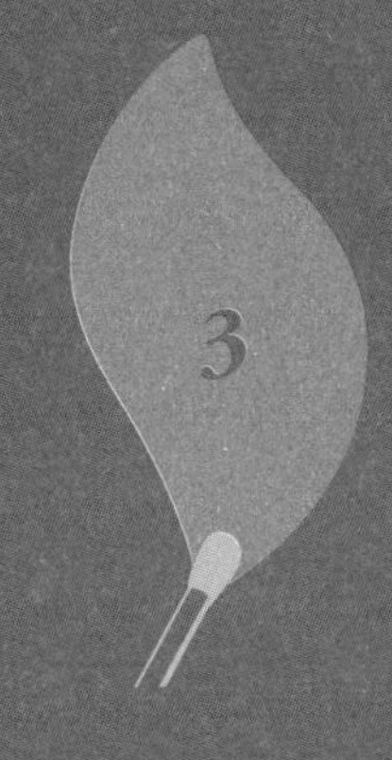

마음을 여는 열쇠,
은유

은유가 마음을 치유한다

오래전부터 정신분석을 비롯한 많은 심리치료에서 은유가 광범위하게 활용되고 있다. 정신분석에서 은유는 무의식의 존재방식이라고 일컬어진다. 프로이트는 은유를 무의식이 의식세계를 숨기고 변형하는 대표적인 방법이라고 보았다. 그는 내담자의 꿈이나 자동연상에 나타나는 은유(압축)와 환유(전치)를 통해 무의식에 억압되어 있는 내용을 분석하여 문제의 원인을 밝혔다.

라캉은 무의식이 언어처럼 구조화되어 있다는 유명한 명제를 통해 무의식이 언어처럼 기표와 기의들의 작용에 수반되는 의미화의 과정이고 은유와 환유는 바로 그 의미화가 발생하는 지점이라고 주장했다. 더 나아가 라캉은 증상 자체를 은유라고 보았다.

신경증 환자는 어떤 억압된 관념을 자신의 신체적 증상으로 나타내는데, 증상은 관념과의 내용적 유사성이나 단어가 가진 이중적 의미와 뉘앙스를 통해 나타난다. 만약 분석을 통해 억압된 관념의 정체가 밝혀지면 증상은 사라진다.

꿈을 인과적, 환원적으로 해석한 프로이트와 달리, 꿈의 객관적, 목적론적 의미를 강조했던 융Carl Jung 역시 "상징은 그 본성이 아직 알려져 있지 않기 때문에 다만 짐작될 수밖에 없는 무의식의 내용을 표현하는 가장 좋은 수단"[3]이라고 하여 은유를 무의식적인 자원에 접근하는 방법으로 활용했다.

인간은 투명하게 이해되지 않는다. 명상을 하거나 집중 상태에 있을 때처럼 의식의 내용을 직접적이고 명징하게 이해할 수 있는 경우가 있기는 하지만 대부분의 경우 그렇지 않다. 특히 심리적인 문제를 갖고 있는 상태에서 마음의 문제를 제대로 이해하기는 더욱 어렵다. 이 때문에 내담자가 자기 문제를 직접 설명하는 것이 불가능한 때가 많다.

하지만 심리치료에서 무의식이 은유로 구성되어 있다는 사실보다 더 중요한 것은 은유가 어떻게 마음에 작용하여 치료적 효과를 갖는가이다. 밀턴 에릭슨은 은유를 무의식에 억압된 내용을 이해하기 위한 방법이 아니라 내담자의 경직된 정체감을 변화시킬 수 있는 치료적 수단으로 활용했다. 정신분석에서는 은유의 숨겨진 의미를 분석하여 원인을 밝히면 증상이 개선된다고 보지만, 원인이 밝혀졌으나 증상의 변화가 일어나지 않는 경우도 있다. 해결중심치료는 증상의 원인이 밝혀지지 않아도 문제 해결이 가능하다고 보고 문제 해결의 방법을 무의식에서 찾는다.

에릭슨에 따르면 은유는 "내담자가 자신과 세상에 관해서 오랫동안 갖고 있는 묵시적 믿음을 밝혀내는 유용한 도구"[4]이면서 "새롭고 창의적인 준거틀을 만드는 수단"[5]이다. "내담자들은 현실을 따라가는 것이 아니라 현실에 대한 자기인식에 의해 움직이기"[6] 때문에 적합한 치료방법을 찾기 위해서 내담자가 무엇을 문제로 보는지, 문제가 환경과 어떤 연관성이 있는지를 검토하는 것이 필요하다.

에릭슨은 상담자가 자신의 견해를 강조하거나 정답을 제시하기보다 내담자의 사고 과정에 주의를 기울이며 생각을 공유하고 그들의 신념 체계를 이해하는 것을 심리상담의 기초라고 보았다. 그는 상담을 효과적으로 진행하기 위하여 내담자와 처음 만났을 때 무엇보다 내담자의 은유 체계를 이해하려고 노력했다. 그런 다음 은유를 적절하게 변화시키면 내담자의 감정과 사고뿐만 아니라 그들의 정체성까지 확장되었다.

밀턴 에릭슨은 실용적이고 반이론적인 치료방법으로 내담자에게 직접 문제 해결을 지시하거나 강요함이 없이 내담자 스스로 문제의 해결책을 찾을 수 있도록 유도했다. 그는 내담자에게 은유나 관련된 이야기를 들려주어 간접적으로 변화를 유도하고 문제 해결을 위한 지혜를 제공했다. 이때 제공된 은유는 간접적으로 내담자의 문제 상황과 관련되지만 그 속에 내담자의 문제 해결에 열쇠가 될 만한 지혜와 암시가 내포되어 있어야 한다. 그래야 내담자가 이야기를 듣고 있는 동안 무의식 차원에서 그 암시를 받아들여서 치료의 효과가 나타난다.

내담자가 경험하는 것과 유사한 이야기를 들려주어 내담자 스스로 자신의 문제를 간접적으로 인식하도록 하는 에릭슨의 방법은 최근 아동치료를 비롯한 여러 분야에서 활용되고 있다. 이야기 치료는 내담자의 상황에 맞는 이야기를 들려주고 그것과 비교하여 내담자가 자기 문제를 생각해보고 깨닫도록 한다는 점에서 은유적이다.

스토리텔링 치료는 이야기나 동화, 비유 등을 사용하며 이야기에 담긴 치료적 메시지를 전달하는 것을 목표로 한다. 상담자가 내담자의 문제 상황과 유사한 이야기를 골라서 들려주기도 하고 내담자의 상황에 맞춰 내용을 바꾸기도 한다. 이때 관건은 내담자가 이야기 주인공과 자신을 동일시하도록 유도하는 것이다. 이 방법들은 이야기를 통해 내담자가 스스로 문제를 인식하고 해결 방법을 찾도록 돕는데, 엄격히 보면 최면치료의 하나라고 할 수 있다.

다른 한편, 스토리텔링 치료에는 상담자가 문제 해결의 방향을 사전에 정해두거나 간접적으로 내담자에게 상담자의 가치관이나 신념을 부가할 가능성이 있다. 또한 상담자의 역량에 따라 내담자가 느끼는 내면의 문제들이 충분히 드러날 수도 있고 그렇지 못할 수도 있다. 이런 한계들을 극복하기 위해 최근에는 내담자가 직접 이야기를 쓰거나 상담자와 협력하여 이야기를 쓰게 하는 등 다양한 방법들이 개발되었다.

은유스토리텔링은 은유를 사용하여 내담자 스스로 이야기를 만든다. 이때 사용되는 은유는 말 그대로의 은유, 즉 개념적인 은유이다. 원래 말을 꾸미는 용도였던 은유가 어떻게 치료적 효과를 가질 수 있을까? 이제 최근 여러 학문 영역에서 이루어진 은유에 대한 연구를 통해 은유의 성격을 이해해보자.

은유가 우리에게 말해주는 것들

은유는 아리스토텔레스의 『시학』에서 설명된 이래 실질적인 내용과 무관하게 단지 말을 꾸미는 수사적 표현이라고 이해되어왔다. 그래서 은유는 시적이고 정감적이고 상상력과 관련된 것으로 문학에만 사용된다고 생각하는 사람들이 많다.

객관적으로 존재하는 실재를 문자 그대로 기술하는 것이 가능하다는 전통적인 객관주의 진리관이 와해되면서 은유에 대한 이해에도 혁명에 가까운 변화가 일어났다. 최근 활발하게 이루어지고 있는 은유에 대한 연구는 언어학뿐만 아니라 철학, 인류학, 문학 연구, 심리학 등 다양한 학문 분과를 아우른다. 그중 인지언어학은 은유가 수사적이고 부차적인 것이 아니라 언어뿐만 아니라 사고와 행위 등 우리의 일상에 널리 퍼져 있으며, 인지적으로 중요하되 문자 그대로 표현할 수 없는 의미를 지닌다는 사실을 밝혀 은유에 대한 새로운 이해의 지평을 연 것으로 평가받고 있다.

레이코프George Lakoff와 존슨Mark Johnson은 언어인지심리학에 관한 흥미로운 책 『삶으로서의 은유』에서 객관적이고 절대적인 진리가 존재한다는 서양철학의 핵심 가정을 거부하고 은유가 단어나 문학적 비유 같은 특별한 언어 기교가 아니라 언어의 본질적인 것이며 세계에 대한 사고와 개념을 가능하게 하는 '인식틀'이라는 사실을 방대한 실례들을 들어 증명했다.

은유는 유사성에 근거하여 세계를 이해하는 방식이다. 예를 들어 "내 마음은 호수"라는 은유는 마음과 호수 사이의 유사성 때문에 만들어진 것이다. 리처드I. A. Richards를 비롯한 20세기 신비평 이론가들은 '내 마음'은 원관념tenor으로, '호수'는 보조관념vehicle으로 설명했다. 즉 "내 마음은 호수"라는 은유를, 원관념을 숨기고 보조관념을 드러냄으로써 사물의 숨은 특성을 표현하는 비유법의 차원으로 이해했다. 보조관념은 원관념이 갖고 있는 의미를 확장하고 보완하여 더 풍부하게 만들어주는 것으로 설명되는데, 이 설명은 둘 사이의 유사성이 마치 처음부터 존재했던 것 같은 착각을 불러일으킨다.

다시 한 번 "내 마음은 호수"라는 은유를 살펴보자. 내 마음이 넓거나 고요할 때 우리는 마음을 호수의 속성과 연결하여 "내 마음은 호수"라고 표현한다. 이때 우리는 '내 마음'을 '호수'의 관점에서 이해하고 경험한다. 그러므로 '호수'와 '마음'을 연결하는 것은 '나'이다. "시간이 돈"이라는 은유 역시 마찬가지다. '시간'이 중심개념이고 '돈'이 보조적으로 그것을 설명하는 것이 아니라, '시간'을 '돈'이라는 관점에서 이해한 것이다. 시간은 돈이 아닌 다른 것을 통해 이해될 수도 있다. 예를 들어 "시간이 화살과 같다"는 은유는 시간을 '속력, 빠름, 흘러감, 변화'라는 관점에서 본 것이다.

레이코프와 존슨은 '시간'과 '돈' 사이의 관계를 지도에서 출발지와 도착지를 연결하는 길찾기mapping에 의해 맺어진 것이라고 설명한다. 두 단어 사이의 유사성이 처음부터 있었던 것이 아니라 서로 다른 두 영역을 연결시킴으로써 만들어졌다는 것이다. 은유의 이런 성격을 표현하기 위해 인지언어학에서는 '호수'는 은유적 표현을 끌어들이는 원천영역source domain이고 '내 마음'은 이런 방식으로 이해되는 표적영역target domain이라고 설명한다.

새로운 개념을 이해할 때 우리는 이미 알고 있는 원천영역을 활용한다. 우리에게 주어진 경험은 내 마음이나 시간이 아니라 호수와 돈이다. 시간이 일종의 제한적 자원이며 효율적으로 사용되어야 한다고 믿는 자본주의 사회에서 시간과 돈은 유사한 것으로 체험된다. 시간은 돈, 화살, 그 밖에 다른 것을 통해 이해될 수 있다. 시간을 '돈'이라는 관점에서 보는 사람과 시간을 '화살'이라는 관점에서 보는 사람의 경험과 사고는 전혀 다르다. 두 영역을 어떻게 관계 맺느냐에 따라 같은 개념에 대해서 전혀 다른 경험을 갖게 되기 때문에, "시간은 돈"이라는 은유가 나타나지 않는 문화권도 있다. 원천영역이 다르면 다른 은유가 만들어진다.

이처럼 은유의 유사성은 객관적으로 존재하는 것이 아니라 주관적으로 경험된 것이다. 은유는 우리가 체험하는 한, 은유로 사용될 수 있다. 은유는 이처럼 개념 영역들 사이의 길찾기에 의해 만들어지기 때문에 우리의 경험을 확장시킨다. "시간은 돈"이라는 은유는 시간이라는 영역에 여러 가지 새로운 요소를 부가함으로써 시간에 대한 새로운 이해를 만들어낸다.

그러므로 원천영역의 경험은 표적영역의 경험보다 먼저 주어지며 더 구체적이고 직접적이다. 예를 들어 "그는 권력에 굶주렸다.", "나는 애정에 굶주렸다."라는 표현에 나타난 욕망은 일반적으로 배고픔이라는 신체 경험과 연관된다. 화는 "화가 머리끝까지 치민다."는 표현처럼 신체적 은유를 통해 표현되며, 행복은 "내 마음이 따뜻해졌다."에서 체온으로 이해된다. 이와 같이 은유는 물질이나 신체를 통해 경험된다.

이처럼 지속적인 반복을 통해 구조화되는 반복적 신체 경험으로 표현되는 '영상도식image schema'은 제한된 구조를 가진 반복적인 인간 경험이 어떻게 상태, 감정, 인생과 같은 추상적 개념을 이해할 수 있게 하는지를 보여준다.

은유는 무의식적이고 자동적으로 발생하기 때문에 우리에게는 은유적으로 사고할지 안 할지 선택할 수 있는 권한이 없다. 우리는 사고와 추론의 방법을 의식적으로 알지 못하며, 그렇다고 아무렇게

나 생각할 수도 없다. 은유는 우리가 의식적으로 알지 못하지만 어떤 원칙에 따라 이루어지는 사고 과정에 작용하는 기제 중 하나이다. 은유는 단순한 언어의 문제가 아니다. 은유는 무의식 영역에서 작용하면서 우리의 사고 과정을 지배한다.

예를 들어 '컴퓨터 바이러스'는 컴퓨터를 작동하지 못하게 만드는 프로그램을 우리 몸을 감염시키는 바이러스에 비유한 은유이다. '컴퓨터 바이러스'를 은유가 배제된 말들로 표현하려면 컴퓨터 전문가들만 이해할 수 있는 전문 용어들이 난무하게 될 것이며, 그 결과 그 밖의 사람은 무슨 말인지 이해할 수 없을 것이다. 그렇지만 '바이러스'라는 은유를 만나는 순간 우리 무의식 영역의 데이터베이스에서 바이러스에 대한 기존의 지식과 경험이 '컴퓨터'와 결합되어 우리는 '컴퓨터 바이러스'가 무엇인지 순식간에 직관적으로 이해하게 된다. '컴퓨터 바이러스'가 있으니 그것을 치료하는 프로그램도 덩달아 '백신 프로그램'이라고 명명된다. '컴퓨터 바이러스'와 '백신 프로그램'은 우리의 몸과 병원균, 치료제가 작동하는 방식을 통해 컴퓨터 작동 방식을 이해한 것이다. 이 사례 말고도 은유가 활용되는 예는 우리의 생각과 언어생활 곳곳에서 광범위하게 찾아볼 수 있는데, 우리의 사고는 대부분 은유적으로 이루어진다.

최근 생리학 연구에서 인간의 뇌에 은유를 담당하는 부분이 있다는 사실이 밝혀졌다. 뇌의 어떤 영역이 아이러니와 은유를 이해하는 데 관여하는지를 연구하기 위해 '기능적 자기공명영상fMRI'

실험을 해보았더니 은유적 어조를 들을 때 정보에 의미를 부여하는 기능을 가진 좌측 하측두이랑, 시각정보 처리와 관련된 좌측 하선조외 영역, 뇌졸중 후 언어능력 회복에 작용하는 우측 하측두이랑의 활성화가 유의미하게 증가된 것이 관찰되었다.[7] 이 결과는 은유가 언어활동과 불가결하게 결부되어 있음을 보여주는 것으로, 은유가 인간의 무의식과 관련되며 사고 과정 전체를 지배한다는 주장에 무게를 더해준다. 그러므로 은유는 모든 사람이 공통적으로 갖는 능력이다. 위대한 시인만이 아니라 평범한 사람들도 누구나 은유를 사용하거나 만들 수 있다.

은유적 언어 능력은 한 개인의 독자적 능력이 아니다. 은유 중에는 인종이나 지역을 막론하고 모든 사람에게 공통된 것도 있고 문화권에 따라 다른 것도 있다. 은유는 관습적으로 사용되며 우리들이 사용하는 언어의 대부분이 관습적 은유로 이루어져 있다.

예를 들어 '학력세탁', '신분세탁'은 학력과 신분을 위조하는 행위를 세탁하는 행위와 연결시킨다. 요즘 많이 사용되고 있는 '폭풍흡입', '폭풍다이어트', '폭풍눈물' 등은 먹기, 다이어트, 눈물을 '폭풍'이라는 관점에서 이해한다. 행복도 전염병처럼 번진다고 하여 '해피바이러스'라고 표현하는 따위는 사회적으로 공유되는 관습적 은유들이다.

하나의 원천영역이 다양한 대상을 설명하는 데 사용되기도 한다. '인생항로', '외길 인생', '삶의 뒤안길', '굴곡진 인생길'처럼

'길'은 인생에 비유되기도 하고, "세계경제는 제자리걸음을 하고 있다.", "대한민국은 역사적인 기로에 서 있다."는 표현은 경제상황이나 정치상황을 표현하기 위해 '길'이라는 은유를 사용하고 있다. "옆길로 새지 말고 질문에 답하세요."에서도 '길'이 '올바름'을 표현하는 은유로 사용되었다.

많은 은유는 다양한 문화적 요인과 인지 과정에 기초하기 때문에 문화 사이에, 또는 문화 내부에서 은유가 다르게 사용된다. 예를 들어 화는 일반적으로 '열 받는다', '열난다'와 같이 열과 관계를 맺는데, 중국어나 한국어에서는 '기가 찬다'라는 표현처럼 수증기나 기운과 관계를 맺기도 한다.

식물 은유는 중국문화에 나타나는 독특한 특징 중 하나이다. 중국인들은 복숭아를 불로장생의 은유로 즐겨 사용하는데, 중국신화에는 서왕모가 불로장생의 신비한 복숭아인 반도蟠桃가 열리는 과수원인 반도원蟠桃園을 소유하고 있으며 가을이 오면 신선들에게 연회를 베풀고 반도를 하사했다는 이야기가 전해오고 있다. 사군자로 알려진 매화, 난초, 국화, 대나무는 식물이지만 선비가 마땅히 지녀야 할 도덕성을 은유한다. 불교의 상징이며 주돈이의 〈애련설愛蓮說〉로도 유명한 연꽃은 순결함, 부활 등의 의미뿐 아니라 군자의 은유로도 사용된다. 또 일반 백성들을 '민초'라고 부르는 등, 식물 은유는 중국문화에 널리 퍼진 은유로 중국의 문화적 특징을 이해하는 데 중요한 단서가 된다. 이처럼 한 문화에 내재하는 은유를 뿌리 은유root-metaphor라고 한다.

미국의 정치문화를 이해할 때 '가족'이라는 뿌리 은유를 알면 그 복잡하게 뒤엉킨 상황들을 쉽게 이해할 수 있다. 민주당과 공화당의 정책이나 지지자들의 정체성은 미국문화의 뿌리 은유인 '가족'에 대한 그들의 태도로 나타난다. 공화당의 보수주의 정책은 가족에게 강한 도덕적 질서를 부과하는 '엄한 아버지' 모델을 통해 이해될 수 있고, 민주당의 진보주의 정책은 자식들을 돌보고 자식들이 다른 사람들을 돌보도록 가르치는 '자상한 부모' 모델을 통해 이해될 수 있다. 낙태, 총기규제, 사형제도, 과세, 사회보호제도, 성적 소수자 문제, 동성결혼 등 거의 모든 분야에서 민주당과 공화당은 일관성 있게 서로 대립된 틀을 유지하고 있다. 이 현상은 미국인이 도덕성의 은유로 이상적인 가족을 어떻게 보느냐에 따른 것이라고 설명될 수 있다.[8]

우리는 은유를 통해 사물의 어떤 속성은 부각하고 다른 속성은 은폐하거나 축소한다. "논쟁은 전쟁"이라는 은유를 사용하는 문화권에서 논쟁은 충돌과 승리, 패배의 사건으로 부각되는 반면, "논쟁은 여행"이라는 은유를 사용하는 문화권에서는 목표 및 목표 달성 과정이 부각된다. "논쟁은 그릇"이라는 은유를 사용하는 문화권에서는 논쟁의 내용과 모양, 형태가 중요하게 간주된다. 이런 방식으로 우리는 서로 다른 대상과 경험을 식별한다. 그러므로 우리가 만약 어떤 은유를 받아들이면 그 은유가 부각하는 측면에만 초점을 맞추어 경험하면서 그 은유가 갖는 의미를 참이라고 믿게 된다. 이처럼 어떤 문화권의 특징을 이해하려면 뿌리 은유가 어떤 의미를 갖고 있는지 살펴보면 된다.

은유는 사람에 따라서도 달라질 수 있다. 은유는 개인이 경험했던, 특히 어린 시절에 경험했던 가치부여 방식에서 쉽게 드러난다. 사람마다 어린 시절의 경험이 다르기 때문에 자신의 고유한 감정적, 정신적 상태를 개념화하는 비관습적인 원천영역도 다르다. 그러므로 어떤 사람의 행동을 통해 그를 이해하려고 하면 잘 안 될 수 있지만, 그가 어떻게 의미부여를 하고 있는가를 보고 어떤 원천자료와 관계하는가를 알면 쉽게 그를 이해할 수 있다.

은유로 세계를 짓는다는 것

은유는 삶의 방식이다. 우리는 은유의 세계 속에 살고 있다. 은유는 구체적이고 생동적이지만 그 의미는 분명하지 않다. 말한 것보다 말하지 않은 것이 더 큰 울림을 주듯이, 은유는 바로 그 불분명함 때문에 역설적이게도 더 많은 것들을 전달하고 상상할 수 있게 한다. 은유를 통해 우리는 세계를 쉽고 풍부하게, 그리고 올바르게 이해할 수 있다.

프랑스 철학자 폴 리쾨르Paul Ricoeur는 형이상학metaphysics과 은유metaphor가 '~ 너머'라는 의미를 갖는 'meta'에서 파생된 단어임을 지적하면서 "너머로meta 이동시킨다pherein"라는 은유의 정의를 새로운 세계를 열어주고 미처 깨우치지 못했거나 제대로 인식하지 못했던 진리를 드러내는 것으로 해석했다.

그러나 리쾨르는 후설Edmund Husserl과 달리 의미가 절대적 명증성을 갖는 자기의식의 산물이 아니라 신화, 상징, 은유 그리고 이야기 같은 텍스트에 의해 산출된다는 입장을 취하면서도, 언어가 궁극으로 드러내고자 하는 것이 기호 체계를 넘어서기 때문에 그 의미를 이해하기 위해서는 텍스트의 구조 분석뿐 아니라 해석자의 실존적인 의미 분석이 필요하다고 보았다. 그는 의미를 단어의 기호적 측면만이 아니라 기호 밖 삶과의 연관 속에서도 해석해야 한다며 논의를 의미론을 넘어 해석학으로 확대했다.

은유를 개념이나 텍스트를 넘어 담론의 차원으로 확장하면서, 리쾨르는 은유가 말해진 상황이 초래하는 독특한 의미를 살펴보기를 요구했다. 예를 들어 동서고금을 막론하고 인간사에서 가장 중요한 관계인 '가족'은 부부와 부자 관계를 의미하는 기호적 의미만이 아니라 삶의 맥락 속에서 또 다른 의미를 가진다. 동아시아 사회에서 '가족'은 삶의 중심인데, 이처럼 가족에 대해 특별한 의미를 부여하는 사회에서 '혈통'은 무엇보다 중요하다. 조선처럼 혈통을 중시하는 사회에서 여성의 가치는 자식을 생산하느냐 아니냐에 따라 좌우되기 때문에 불임은 칠거지악의 하나고 불임 여성은 비정상적인 존재로 취급되었다. 최근까지도 불임은 기혼 여성들에게 가장 심각한 고통과 불행의 원인이었다.

최근 들어 혈통보다 가족의 행복을 중시하는 쪽으로 사회 분위기가 바뀌면서 가족 개념도 크게 변했다. 여전히 가부장제 요소가 남아 있지만, 남자아이보다 여자아이를 선호하는 젊은 세대가 늘어났고, 그에 따라 전통사회에서 혈통이 가졌던 의미가 반감되었다. 아직까지 사회 조직은 남성을 중심으로 구성되지만 가정이나 학교에서는 여자아이라고 차별받는 일이 많이 줄었다. 여자아이의 학업성취도가 남자아이를 능가하는 일이 빈번히 일어나고 있으며 남자아이보다 뛰어난 리더십을 보여주는 여자아이도 종종 만나볼 수 있다. 세월의 변화에 따라 여성에 대한 관점도 달라지고 가족에 대한 생각도 많이 달라졌다.

이처럼 가족은 부모자식의 인간관계만 아니라 사회적 맥락에서 특별한 의미를 갖는다. 가족은 변치 않는 관계가 아니라 사회와 문화에 따라 변화한다. 전근대사회에서는 부모와 자식 간의 위계질서와 혈통이 소중했다면, 현대사회에서는 부부 사이의 상호관계와 부모자식 사이의 상호관계가 더 소중하게 여겨진다. 위계질서보다 가족구성원 상호간의 친밀함과 행복을 더 중시함에 따라 과거 여성들을 괴롭혔던 불임 문제가 약화되었다. 전통사회에서 여성에게 심각한 문제가 되었던 것들이 현대사회에서는 이제 더 이상 심각한 문제가 아니게 되었다.

흥미롭게도 가족의 의미가 변화함에 따라 텔레비전 홈드라마의 주제도 달라졌다. 예전에는 고부 갈등이나 아들을 낳느냐 못 낳느냐가 단골 소재였다면 최근에는 불륜, 즉 남녀 간의 사랑과 성적 욕구가 더 자주 등장한다. 이는 우리 사회가 수직적인 혈통보다 남녀 간의 사랑과 같은 수평적인 관계에 더 관심이 많다는 것을 보여준다.

가족에 대한 생각도 바뀌고 가족이 문제가 되는 상황도 달라졌다. 과거에 여성들을 괴롭혔던 문제들이 더 이상 그들을 괴롭히지 못한다. 이처럼 사회적이거나 개인적인 문제들은 그 자체가 본래 문제는 아니다. 그것들은 사회관계 속에서 형성되는 것이다. 그렇게 볼 때 가족을 어떻게 이해하느냐는 일종의 은유이다.

사람들은 삶에 편재해 있는 은유를 통해 경험에 의미를 부여하여 해석하고, 이를 표현함으로써 새로운 체험의 대상으로 만든다. 삶은 해석을 통해 더 분명하게 그 본질과 의미를 드러낸다. 은유는 '체험-해석-표현'의 해석학적 순환 과정을 통해 이야기를 새롭게 구성하거나 다양한 이야기를 만든다. 이를 통해 은유는 세계의 지평을 확장하고 삶의 깊이를 심화한다.

우리는 이해하고 해석하면서 살아갈 뿐만 아니라 이해하고 해석하는 방식대로 존재한다. 그러므로 은유를 읽고 말한다는 것은 이전과 다른 관점으로 자신의 세계를 변화시킨다는 것을 의미한다. 은유는 우리에게 세계를 보는 새로운 눈을 제공한다. 은유를 통해 개념과 사고가 재배열되고 우리가 경험하는 세계가 바뀐다. 그러므로 기존에는 대상과 사유를 알기 쉽게 만들거나 아름답게 수식한다고만 알려져 있던 은유는 사실 단순한 기술記述로는 접근 불가능한 현실을 새롭게 기술한다. 다시 말해, 은유는 현실을 창조적으로 다시 기술한다. 세계를 다르게 보고 다르게 말하는 것, 이것이 삶을 확장하는 은유의 힘이다.

은유는 원천영역과 표적영역 사이의 길찾기를 통해 형성되지만, 이 관계를 맺는 데 유사성이라는 기준만 적용되는 것은 아니다. 은유에 의해 일상과는 다른 비일상적 맥락이 만들어진다. 이 비일상적 맥락에서는 새로운 유사성의 기준이 작동한다. 이 새로운 관계는 일면 낯설고 모순된 것처럼 보이지만 사물에 대한 창의적이고 신선한 관점을 제공해준다. 그러므로 은유는 단순히 두 범주를 대응시키는 것만으로는 획득될 수 없다. 은유의 핵심은 새로운 유사성의 기준을 제시하거나 파악하는 데 있다.

어떤 사물을 다른 사물의 관점에서 바라보면서 새로운 유사성을 찾아내려면 상상력이 필요하다. 은유는 이성과 상상력을 결합시키는데, 레이코프가 지적했듯이 실제로 일상적 사고의 대부분이 은유적이기 때문에 합리성은 그 본성상 상상적이다. 은유적 상상력은 공감대를 창조하고, 공유되지 않은 경험의 본성을 전달한다. 그것은 세계관을 변화시키고 경험을 범주화하는 방식을 조정한다. 이때 상상력은 비합리적인 것이 아니다. 은유를 통해 상상력은 합리적인 것이 된다. 다시 말해 은유는 상상적 합리성이다.

그러므로 은유의 첫 번째 기능은 '추상적 주관주의'에 객관적 구체성을 부여하는 것이다. 은유는 '내 마음'처럼 기본적으로 추상적일 뿐인 내용을 '호수'와 같이 구체적인 대상과 연결시킨다. '내 마음'은 '호수'에서 '갈대'가 되고 다시 '등불'이 된다. 일련의 연쇄과정을 통해 '내 마음'이라는 추상적 개념이 구체화된다. '호수', '갈대', '등불' 등 구체적인 사물을 통해 '내 마음'의 다양하고 독특한 특징들이 모습을 드러낸다. 우리는 은유를 통해 추상적 사유에 매몰되지 않고 객관적 사물의 특징을 구체적으로 파악하여 그 의미를 확장시킨다.

두 번째로 은유는 감각적 형식에 빠져 있는 상상력을 해방시킨다. 자신의 욕망에 몰두하는 사람은 자신의 감정에 매몰되어 있다. 이런 사람에게 은유가 필요하다. 왜냐하면 은유는 주관이 느끼는 감정을 외부의 객관적인 사물에 빗대어 표현함으로써 그가 매몰되어 있는 극단적인 감정으로부터 그를 끄집어내기 때문이다. 다시 설명하면, 은유에 의해 그의 감정이 외부의 객관적 사물과 연결되어 표현됨으로써 그가 느끼는 고통은 객관적인 표상이 된다. 이 전환을 통해 주관적인 고통을 한 발짝 떨어져 바라볼 수 있게 됨으로써 고통 자체가 완화되고 궁극에는 고통에서 자유로워진다.

세 번째로 은유는 서로 다른 사물들 사이를 길찾기 방식으로 관련 지음으로써 사물에 대한 통합적인 인식을 제공해준다. 칸트Immanuel Kant가 지적했듯이 개념은 오로지 경험적인 대상에만 적용될 뿐 경험으로 파악되지 않는 나머지 세계에는 적용될 수 없다. 은유는 그 전체를 파악할 수 없는 현실에 대하여 통합적인 인식을 제공함으로써 알려지지 않은 사태로부터 오는 두려움을 제거할 뿐 아니라 예방할 수 있게 한다. 은유는 불확정적이고 불투명한 세계를 의식이 접근할 수 있는 대상으로 만듦으로써 세계 전체를 인간화한다.

은유 중에서도 은유로 파악되지 않은 채 사용되는 은유를 무의식적 은유라고 부른다. 무의식적 은유는 현실에 대한 두려움에서 만들어지지만 일단 은유가 생성되면 현실은 더 이상 공포의 대상이 아니라 쉽게 접근할 수 있는 대상이 된다.

네 번째로 은유는 일상적인 의미 형성에서 보편적으로 드러나는 기본적 기제이며 우리가 세계를 구획하고 이해하는 핵심 방식이기 때문에 이성적 사유보다 더 지배적이고 고차적인 인식을 제공한다. 은유는 언어적 한계를 초월하여 근본적이고 포괄적인 이해의 지평을 열어준다. 그러므로 은유에 의해 드러나는 세계는 의식에 의해 걸러지지 않은 무의식 차원의 것이며 모든 창조의 원천이다. 준거틀 간의 상호작용에 의한 의미의 통합은 은유의 역할을 단어에 국한하지 않고 새로운 의미와 인식의 창조성을 드러내는 데 기여한다.

심리치료에서도 은유는 개인의 문제를 이해하는 중요한 자료를 제공한다. 사람들은 자기 삶에 대해 어떤 형태로든 의미를 부여하며 살아간다. 어떤 사람에게는 굉장히 중요한 것이 다른 사람에게는 전혀 중요하지 않을 수도 있다. 은유는 자아 이해의 인지적, 정서적 차원에 대한 체계적 지침을 제공하기 때문에, 무의식적인 은유 체계를 분석하면 은유가 "어떻게 개인으로서의 우리의 삶에 영향을 끼치고, 우리가 우리 자신의 삶을 이해하기 위해 일생 동안 어떤 개인적인 은유를 발전시켜왔는지"[9] 이해할 수 있다. 레이코프와 존슨이 지적했듯이 "의식적이든 무의식적이든 우리는 은유를 통해서 부분적으로 우리의 경험을 구성하는 방식에 근거해서 추론하고, 목표를 세우고, 언약을 하고, 계획을 실행하는 등의 모든 것을 행하기" 때문에 "자기 이해의 상당 부분은 과거의 무의식적인 은유와 그 은유가 우리의 삶을 이끌어온 방식을 의식적으로 인식하는 것을 포함"[10] 한다.

그러므로 누군가의 심리 상태를 이해하고 문제를 해결하려면 그 사람의 개인적 은유를 이해해야 한다. 레이코프와 존슨의 주장처럼 "우리가 타인과 공유하는 것을 강조하고 그것을 정합적인 것으로 만들기 위해 은유를 찾아내는 것처럼 우리는 자신의 과거, 그리고 현재의 활동, 꿈과 희망과 목표를 강조하고 그것을 정합적인 것으로 만들기 위해 개인적 은유들"[11]을 찾아내야 한다. 은유는 인간의 삶과 현실을 그 나름의 방식으로 바라보고 해석하는 모델로서 기능하기 때문에, 은유 분석은 심리 문제로 혼란스러운 내담자를 이해하는 데 탁월한 효과를 발휘한다.

예를 들면 우울증 환자는 우울증에 대하여 "우울증은 어둡다", "우울증은 무겁다"라는 표현들을 많이 사용한다. 서양문화에서 권력, 높은 지위, 도덕성, 합리성, 건강 같은 개념과 함께 행복은 '위'로 개념화되는 반면 슬픔, 우울증은 권력의 부재, 열등한 사회적 위치, 비도덕성, 아픔과 함께 부정적으로 '아래'로 개념화된다. 이러한 문화적 준거틀은 우울증 환자가 자신을 '실패자'로 여기도록 만든다.

우울증憂鬱症, melancholy, depression의 어원인 '우울하다憂鬱-'는 부정적인 말이 아니다. 좋지 않은 상황에서 '우울하다'고 느끼는 것은 누구에게나 일어나는 정상적인 반응이다. 과잉경쟁사회가 된 오늘날엔 내성적이거나 비사회적인 사람을 사회부적응자로 간주하는 경향이 짙다. 특히 젊은 여성들에게 '귀엽고 발랄할 것'을 기대하는 사회적 통념은 그렇지 않은 여성들을 심리적인 문제가 있는 것처럼 보게끔 한다. 돌이켜보면 20세기까지만 해도 혼자 있기 좋아하고 내성적인 사람은 그다지 부정적으로 평가되지 않았다.

우울감이 원래부터 나쁜 것이라면 우리가 그것을 바꿀 방법이 없을 것이다. 하지만 우울감은 맥락에 따라 긍정적인 것이 될 수도 있고 부정적인 것이 될 수도 있다. 그러므로 우울감에 대한 새로운 해석을 통해 다른 방식으로 접근하는 길을 열 수도 있다.

정신분석에서는 개인적 은유와 관습적 은유를 모두 이용하는데, 때때로 내담자는 치료받는 동안 관습적 은유를 새로이 확장하기도 한다. 또 어떤 개인이 특이하고 잊지 못할 인생 경험의 결과로 특이한 은유를 창조하는 경우가 있는데, 이 은유는 심리치료에서 중요하게 사용된다. 이런 상황에서 창조되는 은유는 의식적으로 형성될 필요는 없다.[12]

밀턴 에릭슨이 은유를 심리치료에 도입한 이래로 은유는 심리적 문제의 진단만이 아니라 문제 해결에도 활용되고 있다. 스토리텔링 치료와 내러티브 치료는 넓은 의미의 은유치료에 해당한다.

은유는 다양하게 변화할 수 있다. 은유의 전환을 통해 실질적인 문제의 전환이 가능하다. 사람마다 준거틀이 다르고, 원천관념과 이것을 길찾기하는 것도 다르며, 그것을 해결하는 방식도 다르기 때문에 개개인이 겪는 상황과 치료 방법도 다르다.

경험적 실재가 언어에 의해 구성되기 때문에 우리가 경험하는 실재는 무수히 많다. 코끼리를 완전하게 기술하는 방법이 없기 때문에 코끼리에 대한 수많은 이야기가 만들어질 수 있다. 언제 어디서 어떻게 보느냐에 따라 새로운 이야기가 만들어질 수 있다. 은유는 간접성과 다의성을 통해 우리가 경험하는 세계를 새롭게 이해할 수 있게 해준다. 심리치료에서 은유를 많이 사용하게 되는 이유는 바로 이와 같은 은유의 대안적 힘 때문이다.

아무도 죽어 나가지 않은 집의 겨자씨

불교 경전에서는 수많은 은유가 사용된다. 그뿐 아니라 직유, 환유, 제유 등 다양한 비유법이 사용되고 있다. 다른 종교에서 은유가 초월적 존재나 계시를 현시하는 수단인 것과 달리, 불교에서 은유는 어려운 교리를 쉽게 설명하기 위해 사용된다. 예를 들어 '현상의 존재가 실체가 없고 모든 것이 공空하다'는 교리를 설명하기 위하여 '환영, 불꽃, 물속의 달, 허공, 메아리, 건달바성, 꿈, 그림자, 거울, 환화'와 같은 은유가 사용된다. 『유마경』에서는 몸의 무상함을 '거품, 포말, 불꽃, 파초, 환상, 꿈, 그림자, 메아리, 뜬구름, 번개' 등 10가지 은유로 설명하고 있다. 직접 포착하기 어렵거나 복잡하고 추상적인 개념을 이미 알고 있는 형상의 도움을 빌려 표현하는 은유는 우리로 하여금 개념을 쉽게 이해하게 해준다.

불교에서는 고통이 갈애라는 정서적 요인뿐 아니라 무명無明이라는 인지적 요인에 의해서도 발생한다고 설명한다. 그러므로 고통으로부터의 해탈은 정서적인 완화뿐 아니라 통찰을 통한 인식의 확장을 통해서도 이루어질 수 있다. 은유는 인식의 확장만이 아니라 고통으로부터의 해방을 가져다주는 전환의 계기를 마련해줄 수 있는데 불교 경전에 나타난 여러 사례들에서 그 효과를 확인할 수 있다.

은유를 정신치료에 이용한 가장 대표적인 사례가 키사 고타미 이야기이다. 이 이야기는 애지중지 아끼던 외아들을 잃고 실성한 여인이 부처님의 탁월한 방편 덕분에 제정신으로 돌아왔을 뿐 아니라 '모든 것은 영원하지 않다'는 진리를 깨닫게 된다는 내용이다. 이 이야기에서 주목할 점은 그 변화가 명상이나 종교적 수행이 아니라 '아무도 죽어 나가지 않은 집의 겨자씨'라는 은유를 통해 이루어졌다는 사실이다.

몸이 너무 여위어서 '키사(말라깽이)'라고 불렸던 사왓티의 부잣집 딸 키사 고타미는 부유한 젊은이를 만나 결혼하여 아들을 얻었다. 아장아장 걸음마를 떼던 어린아이가 어느 날 갑자기 죽자 키사 고타미는 그 충격에 정신 줄을 놓고 말았다. 아들의 죽음을 인정할 수 없었던 그는 어느 누구의 말도 들으려 하지 않았다. 아이를 살리겠다는 일념으로 죽은 아이를 등에 업고 동네방네 약을 구하러 다녔다. 모두들 미쳤다고 손가락질했지만 아무도 그를 말리지 못했다. 이 여인을 불쌍히 여긴 한 마을 사람이 부처님이라면 죽은 아들을 살릴 방법을 알고 있을지도 모르겠다고 이야기해주었다.

그 말에 귀가 번쩍 뜨인 키사 고타미는 한달음에 부처님께 달려갔다. 놀랍게도 부처님은 아들을 살려달라는 키사 고타미의 간청을 거부하지 않고 소원을 들어주겠다고 약속했다. 부처님은 웬일인지 키사 고타미에게 아들이 죽었다는 사실을 받아들이도록 하지 않고 오히려 죽은 아이를 살리겠다는 잘못된 생각을 두둔해주기까지 했다. 그리고는 이렇게 말씀했다.

"걱정하지 마라. 죽은 아들을 살려주마. 그런데 한 가지 조건이 있다. 아무도 죽어 나간 적이 없는 집에서 하얀 겨자씨 한 줌만 구해 오너라. 그러면 아들을 살려주마."

아들을 살릴 수 있다는 말에 키사 고타미는 정신이 번쩍 들었다.

'어서 마을에 가서 겨자씨를 구해야지!'

그는 쏜살같이 마을로 돌아갔다. 희망에 부풀어 한 집 한 집 문을 두드리며 하얀 겨자씨 한 줌만 달라고 부탁했다. 마을사람들은 불쌍한 키사 고타미를 위해 선뜻 겨자씨를 나누어 주겠다고 했지만 집에서 사람이 죽어 나간 적이 없느냐는 키사 고타미의 물음에 모두 뒤로 물러나야만 했다.

해가 저물고 어두워졌지만 한 톨의 겨자씨도 구하지 못한 키사 고타미는 실망한 마음을 안고 터벅터벅 집으로 돌아왔다. 집 앞에 당도하자 다리에 힘이 풀려 털커덕 주저앉았다. 그 순간 문득 깨달았다.

'아! 내가 무거운 짐을 지고 있었구나. 나만 아들을 잃은 줄 알았는데 사람이 죽지 않은 집이 없구나.'

현실을 깨닫자 제정신이 돌아왔다. 슬픔을 내려놓고 아들의 죽음을 받아들였다. 날이 밝자 키사 고타미는 죽은 아이를 시체 버리는 곳에 데려다 내려놓고 부처님이 계신 곳으로 갔다. 키사 고타미를 본 부처님은 말씀했다.

"너만 아이를 잃었다고 생각하지 마라. 모든 살아 있는 존재는 무상하다諸行無常. 죽음의 왕은 사나운 급류처럼 모든 살아 있는 존재를 파멸의 바다로 휩쓸어 가버린다. 그들이 욕망을 채 충족하기도 전에."

이 게송을 듣고 키사 고타미는 수다원과를 성취하였다. 곧장 부처님의 허락을 받아 출가하여 비구니가 되었다.

부처님은 아들을 살리겠다는 키사 고타미의 신념을 꺾지 않고 스스로 깨우칠 수 있도록 간접적인 방식을 택했다. 치료자의 과제가 환자 자신의 고유한 신념과 생각을 변화시키는 것이 되어서는 안 된다고 본 밀턴 에릭슨의 방법과 일치한다. 에릭슨의 지적처럼 내담자에게 필요한 것은 자기 삶의 틀에서 가장 조화로운 방식으로 자신의 생각과 이해, 가정假定을 활용할 수 있는 치료적 환경을 제공받는 것이다. 특히 심한 상처를 받은 사람들의 상처를 들추거나 그것에 정면으로 대응하는 것은 또 한 번의 큰 상처가 되기 쉽다.

키사 고타미 이야기는 은유가 어떻게 치료 효과를 갖게 되는지를 잘 보여준다. 해결 방법이 있다는 말로 키사 고타미를 안정시킨 부처님은 죽은 아이를 살리는 약을 구하겠다는 집착을 겨자씨 구하는 것으로 바꾸어 놓는다. '사람이 죽어 나가지 않은 집의 겨자씨'는 '죽은 아이를 살리는 약'의 은유다.

키사 고타미는 한 집 한 집 찾아다니는 사이 정신없을 때 느끼지 못했던 육체적 피로를 느끼는데, 그것은 자기의식이 회복됨을 의미한다. 제정신으로 돌아오자 집착했던 문제에 대해 거리를 두고 객관적으로 바라볼 여유를 갖게 된다. 이 방식으로 부처님은 키사 고타미의 집착을 약화시킨다.

자신의 집착에서 한 발짝 물러나자 키사 고타미는 다른 사람들의 이야기를 받아들이게 된다. 죽음이 아들에게만 일어난 일이 아니라 모든 사람에게 보편적으로 일어나는 일이라는 사실을 깨달으며 고통에서 벗어나게 된다. '겨자씨' 은유는 키사 고타미가 스스로 문제를 해결하도록 도왔다. 키사 고타미의 정신 착란은 문제를 '정면으로 해결하는 것이 아닌 해소하는' 방법으로 해결되었다.

이어지는 이야기에서도 은유는 깨달음을 얻는 데 중요한 역할을 한다.

포살당의 촛불을 켜면서 키사 고타미는 촛불이 타오르고 꺼지는 모습을 바라보며 깊은 생각에 잠긴다.

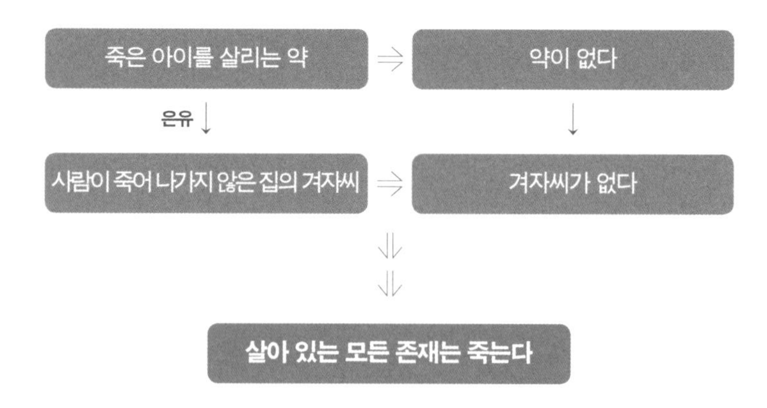

'이 촛불처럼 세상의 살아 있는 모든 존재도 불꽃처럼 확 피어 올랐다가 가물가물 거리며 사그라져간다. 니르바나에 도달한 사람만이 불꽃처럼 일어났다 사라지는 생사가 없다.'

그렇게 키사 고타미는 사무애해四無碍解, 자유자재하며 거리낌이 없는 이해능력를 갖춘 아라한이 된다.

흔히 참선 수행은 직접 증득證得함을 선호하기 때문에 은유와 같은 간접적인 방법을 사용하지 않는다고 알려져 있다. 하지만 선사들이 제자를 일깨울 때 직접적으로 보여주는 것直指人心만 아니라 은유를 사용한 예도 많다. 남악 회양과 마조 도일 사이의 이야기에는 다음과 같은 은유가 등장한다.

높은 바위 위에 앉아 좌선을 하고 있는 마조 스님을 본 스승 남악 선사는 뜬금없이 제자 앞에서 벽돌을 가는 기행을 보인다. 스승의 괴이한 행동에 놀란 마조가 스승에게 무슨 일을 하시냐고 묻는다.

스승은 시큰둥하게 대답했다.

"거울을 만들려고."

그 대답을 마조가 맞받아친다.

"벽돌을 간다고 어떻게 거울이 돼요!"

남악 선사가 다시 맞장을 뜬다.

"그대가 성불하겠다고 좌선하는 것도 마찬가지야!"

어리둥절해진 마조는 할 말을 잊는다. 좌선하는 것이 왜 난센스인지 모른다.

곧이어 남악 선사가 마조에게 묻는다.

"마차를 움직이려면 채찍으로 말을 때려야 하느냐, 마차를 때려야 하느냐?"

마조는 그런 걸 묻느냐는 듯 시큰둥하게 대답했다.

"말을 때려야 마차가 움직이죠."

마조는 대답하면서 뭔가 이상함을 느낀다. '그렇지, 그렇지!' 드디어 크게 깨닫는다. 벽돌을 갈아서 거울을 만드는 것이 불가능하듯이 좌선으로 깨달음을 얻지 못한다는 사실을.

남악 선사가 마조를 깨우쳤던 방법 역시 간접적이다. 위의 일화에서 좌선/벽돌, 깨달음/거울이라는 은유가 사용되었고, 아래 일화에서는 마차/몸, 말/마음의 은유가 사용되었다.

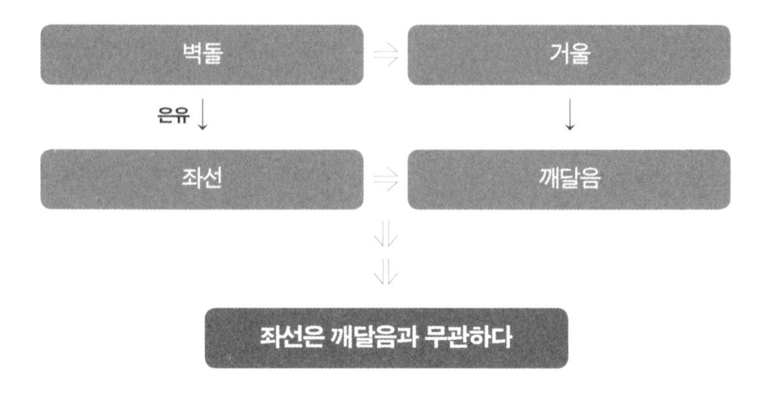
벽돌
거울
은유
좌선
깨달음
좌선은 깨달음과 무관하다

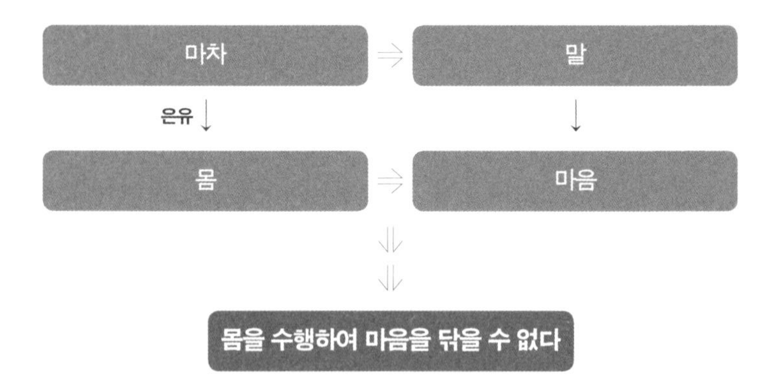
마차
말
은유
몸
마음
몸을 수행하여 마음을 닦을 수 없다

남악 선사는 제자에게 직접 설명하지 않는다. 제자의 신념 체계, 즉 '수행해서 깨달음을 얻겠다'는 신념에 도전하지 않으면서 제자 스스로 문제를 해결할 수 있는 환경을 조성해주었다. '벽돌을 갈아 거울을 만든다'는 은유가 바로 그것이다.

이처럼 사실을 있는 그대로 설명하는 직설적 설명보다 은유를 통한 간접적인 가르침이 더 효과적인 경우가 종종 있다. 은유를 통한 인식의 확장은 지금까지 문제를 바라보는 관점을 바꾸고 새로운 인식틀을 제공해주기 때문에 깨달음을 목표로 하는 참선 수행만이 아니라 심리 문제를 해결하는 데도 근본적인 변화를 가져다준다.

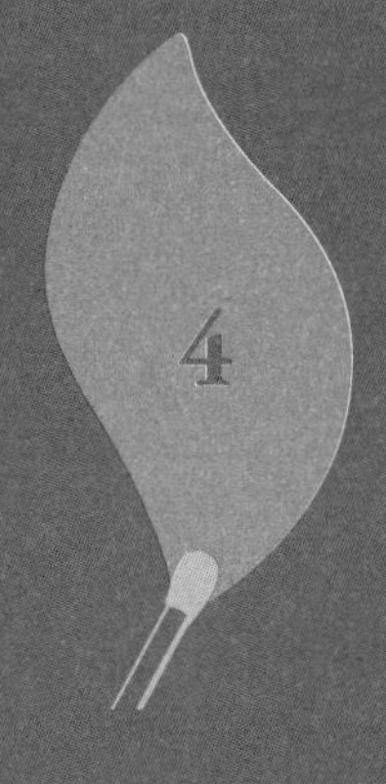

은유스토리텔링, 새로운 나를 만나다

은유스토리텔링의 힘

은유스토리텔링은 은유를 사용하여 가상의 이야기를 짓는다. 참가자는 자기와 닮은 물건을 말하거나 어떤 특정 사물에 빗대어 자기 이야기를 시작하면 된다. 참가자는 나무, 자동차, 집 등등 여러 가지 사물에 자신을 빗대어 이야기를 쓸 수도 있고 자기와 닮은 물건을 골라 이야기를 쓸 수도 있다. 은유스토리텔링은 지나온 삶을 이야기로 만들거나 구체적으로 문제가 된 상황을 서술하지 않는다. 시시콜콜한 이야기를 할 필요도 없고 감추고 싶은 이야기를 억지로 터놓을 필요도 없다. 따라서 참가자들은 안전하게 은유로 자기 이야기를 할 수 있다.

은유스토리텔링에서는 심리상담 때 반드시 묻게 되는 질문들, 즉 '지금 경험하는 문제가 무엇인지, 과거에 어떤 일이 있었는지,

어떤 사람과 갈등 관계에 있는지'와 같이 중요하지만 민감하고 말하기 어려운 것들을 의도적으로 묻지 않는다. 당연히 참가자도 그런 내용들을 말하지 않아도 괜찮다. 심지어 이야기 내용이 없어도 된다. 내 문제가 무엇인지, 어떻게 말해야 할지 몰라도 된다.

글쓰기에 대한 부담감 때문에 망설이는 사람도, 자기와 닮은 사물을 생각할 때 떠오르는 이미지나 느낌을 따라가면서 재미있게 이야기를 풀어갈 수 있다. 그저 자기와 닮은 물건에 빗대어 하나씩 이야기를 만들어갈 뿐이지만 지금까지 어느 누구에게도 말하지 않았던, 심지어 스스로도 모르던 자기 자신에 대한 이야기가 시작된다.

문제를 직접 말하지 않는다고 해서 문제가 없는 것은 아니다. 마찬가지로 문제를 직접 다루지 않는다고 해서 문제가 해결되지 않는 것도 아니다. 오히려 은유스토리텔링에서는 은유를 사용하기 때문에 일반적인 상담으로는 접근할 수 없는 문제에도 접근할 수 있다. 그리고 특별한 심리 문제를 가지고 있지 않은 사람들도 은유스토리텔링에 참여할 수 있다.

참가자 중에는 자신이 선택한 은유가 왠지 잘 맞지 않는 것 같아서 미심쩍어하는 사람도 있고, 반대로 자기 속내가 고스란히 노출되는 것 같아 당황해하는 사람도 있다. 때로는 자기 모습을 그럴듯하게 보여주고 싶은 마음에 멋있어 보이는 은유를 선택하거나 은유의 내용을 살짝 바꾸는 사람도 있다.

그런데 다른 사람의 시선을 의식한 이 선택조차 훌륭한 은유가 될 수 있다. 바로 그 선택이, 그 사람이 어떤 사람인지를 보여주는 은유이기 때문이다. 그러므로 거짓말을 해도 괜찮다. 거짓말조차 일종의 진실, 다시 말해 거짓말로 감추고 싶어 하는 무언가가 있다는 진실을 알려주는 은유이기 때문이다.

은유스토리텔링에서는, 내담자와 상담자가 상상력을 동원하여 함께 은유를 확장시켜가는 과정에서 그 속에 들어 있는 문제를 발견하고 그것을 새로운 은유로 전환함으로써 심리 문제를 해결한다. 이 과정에서 은유는 내담자 자신을 객관적으로 비추는 거울과 같은 역할을 한다. 은유는 객관적인 상황이 아니라 그 상황을 바라보는 주관의 입장을 보여주기 때문에 마음의 작동 방식과 특징을 쉽게 포착해낼 수 있는 단서가 된다. 은유를 통하면 일상 언어로 마음의 문제를 설명하는 것보다 더 쉽고 더 직관적으로 문제의 본질을 보게 된다.

폴 리쾨르가 감탄한 것처럼 은유는 사물의 본질을 보여주는 탁월한 힘을 가지고 있다. 은유를 통해 우리는 마음의 문제를 더 깊이 이해하고 해결할 방법을 찾을 수 있다. 은유 이야기는 자기가 알고 있던 자기 이야기보다 훨씬 더 진실하고 놀랍도록 창의적이기까지 한데, 이 때문에 은유스토리텔링 참가자는 깜짝 놀라기도 한다.

어떤 사람이 모임에서 "나는 상담학과 ○○○다."라고 자기를 소개할 때, 거기에는 어떤 의미가 부여되어 있다. 이와 달리 그 모임에 처음 온 사람이 "나는 굴러온 돌이다."라고 자기소개를 한다면, '굴러온 돌'이라는 은유에는 앞의 직접적인 표현보다 더 복합적인 의미가 내포되어 있다. 그가 모임에서 느낀 다양한 감정과 생각이 그 표현에 들어 있는 것이다. '굴러온 돌'은 자신을 그렇게 소개한 이가 느끼고 있는 것들을 우회적이지만 정확하게 포착한다.

같은 은유라도 사람에 따라 그 의미는 천차만별이다. 한번은 참가자 두 사람이 동일한 은유를 사용한 적이 있었다. 두 사람 모두 자신과 닮은 물건으로 가방을 꼽았다. 하지만 그들에게 가방의 의미는 서로 전혀 달랐다. 한 사람에게 가방은 여행을 좋아하는 취향과 연관된 은유였고, 다른 사람에게 가방은 어린 시절 트라우마 때문에 상처받은 자아를 꽁꽁 숨기는 공간이었다.

가방이 자아를 숨기는 공간이었던 참가자는 가방 속에 온갖 잡동사니를 넣고 다녔다. 상담에 앞서 들고 온 가방 속에 어떤 물건이 있는지 확인해보았다. 그가 하나씩 꺼내 보여주었는데 커다란 가방에서 엄청나게 많은 물건이 나왔다. 그는 내심 놀라는 나에게 낯을 붉히며 말했다.

"당장 필요하지는 않지만 혹시 사용하게 될지 몰라 가지고 다녀요."

물건 가짓수도 많았고 두 개 이상 넣고 다니는 물건도 꽤 많았다. 어깨가 탈골되어 병원 신세를 질 정도로 많은 물건들을 가방에 넣고 다닌 적도 있다고 했다. 이 여성에게 가방 은유는 심리적 현실뿐 아니라 행동 방식과도 깊은 관계가 있었다. 상담을 통해 나중에 밝혀진 바로는, 자기보호 본능과 불안이 가방에 물건을 담아두는 행동으로 나타난 것이었다. 은유로도 실제로도 가방은 여러 가지 문제들이 집약되는 지점이었다.

그런데 이야기는 절반만 진실이다. 나머지 절반의 진실은 말해지지 않은 이야기 속에 있다. 그 속에 자기도 미처 몰랐던 진실이 있다. 은유스토리텔링은 말해지지 않은 이야기를 찾아가는 과정이다. 질문과 대답, 탐색과 발견의 과정을 통해 말해지지 않은 이야기를 찾고 또 만든다.

은유스토리텔링은 왜 심리 문제 해결에 도움이 되는 걸까?

첫째, 은유가 억압된 감정을 좀 더 쉽고 안전하게 표출할 수 있게 해주기 때문이다. 은유 덕분에 내담자는 자신의 문제를 위협적이지 않은 방식으로 직면하게 된다. 자기 이야기를 해야 한다는 압력을 받지 않은 상태에서, 부끄러움이나 죄책감 등 자신이 느낀 감정을 은유를 빌려 솔직하게 터놓게 되며, 다른 상황이라면 극도의 불안감을 일으킬 수 있는 것조차 듣고 생각할 수 있게 된다.

만약 은유의 고정된 의미가 내담자에게 위협적이라면 내담자는 언제든지 은유 뒤로 숨거나 피할 수 있다. 그렇게 함으로써, 회피하거나 마음을 닫아버리는 대신 계속해서 이야기를 할 수 있기 때문에 결과적으로 더 효과적인 치유가 가능해진다.

내담자의 심리 문제를 다룰 때 상담자는 그의 상처를 덧내거나 그의 인격과 상황을 무시하면 안 된다. 밀턴 에릭슨이 주장했듯이 심하게 고통을 겪은 사람일수록 직접적인 의사소통에 어려움을 겪기 때문에 상담자는 더욱 더 은유적인 방법으로 접근해야 한다. 은유의 간접성과 다의성 덕분에 은유스토리텔링은 내담자에게 안정감을 주어 효과적으로 문제를 다룰 수 있게 한다.

둘째, 은유가 자신의 문제를 관조하는 여유와 거리를 주어 고착된 감정에서 벗어나게 해주기 때문이다. 일단 고착된 감정에서 풀려나면 자기만의 문제라는 잘못된 신념에서 벗어나 다른 사람과 공감할 수 있다. 은유는 억압된 감정을 표출하고 공감하도록 하며 정서적으로 자신의 문제에서 한 걸음 물러나 객관적 거리를 유지하게 해준다.

셋째, 은유스토리텔링이 내담자 스스로 문제를 해결하도록 하기 때문이다. 내담자는 상담자의 도움을 받지만, 최종적으로는 문제에 물들지 않은 내담자 자신의 또 다른 내적 힘으로 치료가 이루어져야 한다. 내담자의 문제를 해결할 새로운 길은 그 문제와 다른 것이지만, 문제를 안고 있는 바로 그 내담자의 내면에서 나와야 한다. 그러므로 새로운 해결책은 과거의 문제와 연결되어 있는 동시에 새로운 대안을 가지고 있어야 한다. 그러기 위해서는 원천영역의 인지적 잠재력을 활용하여 많은 경험을 조직해야 한다. 다시 말해, 내담자의 은유 체계에서 원천영역을 다르게 길찾기mapping함으로써 새로운 은유 체계를 형성해내야 한다.

넷째, 은유가 무의식 차원에서 작용하기 때문에 의식 영역의 확장만이 아니라 무의식적으로 일어나는 통찰과, 고통으로부터의 해방이라는 행동의 변화까지 유도하기 때문이다. 은유는 우리의 세계 이해와 의미 형성의 중심 기제이며 무의식 차원에서 작동하기 때문에, 내담자의 의식을 넘어 무의식 차원에서 강력한 암시로 작용한다. 밀턴 에릭슨이 지적했듯이 은유는 "인지와 정서의 세계 양쪽에 걸쳐 있기 때문에 감정의 영역 속에서 사고과정을 촉진"[13] 하며 "그로 인해 은유는 무의식 영역 속에 있다가 행동적인 변화를 주도"[14] 한다.

다섯째, 은유가 내면의 근원적 힘을 이끌어내어 창의적이며 근원적으로 문제를 해결할 수 있도록 하기 때문이다. '은유와 마음' 프로그램 참가자 중에는 방어기제가 작동하여 멈칫거리는 순간에도 어떤 불가항력적인 힘에 이끌려 이야기 속으로 들어가게 되었다고 말하는 사람들이 많다. 한번 이야기의 빗장이 풀리면 의식적인 저항이 일어나더라도 이야기 자체의 힘에 이끌려 멈추지 못하게 되는데, 이는 은유스토리텔링의 독특한 특징이다. 가끔 은유로 이야기하기에 대해 낯설어하거나 경계심을 품는 사람들도 있지만, 참가자들에게 먼저 은유가 무엇인지 설명해주면 충분히 이완된 상태에서 안심하고 자기 이야기에 몰입하게 된다.

상담을 전공한 한 참가자는 이와 관련해 무척 흥미로운 이야기를 들려주었다.

"제가 그 가슴이 아픈 걸 안 드러내려면 요령껏 안 드러낼 수 있다고 생각했어요. 상담을 공부했기 때문에 '요령껏 포장하면 되겠지.'라고 예상한 거죠. 큰 나무로 은유 이야기를 만들 때는 제 의도대로 되었어요. '나는 큰 나무이고, 사람들이 나에게 와서 즐기고 있고, 내가 그 사람들을 보살피는 것이 좋아요. 아주 아름다운 세상이에요.'라고 하면서 마무리했어요. 그런데 그다음에 나도 모르게 빠져들어갔어요. 질문에 휘말려서 작은 나무가 되어버렸어요. 지독한 슬픔, 외로움 같은 감정들이 나도 모르게 입에서 흘러나왔어요. 말을 그칠 수 없으니까 그 슬픔을 막 표현했어요. 응어리진 것이 터진 후에는 후련함을 느꼈어요. 그러고 나서 돌아봤는데, 함께 참여한 사람들이 아무도 나를 이상하게 보지 않더라구요."

많은 참가자들이 은유를 자신의 의도대로 조작할 수 있다고 생각한다. 특히 우리나라 사람들은 자기를 안 보여주려고 애를 쓴다. 그런데 은유는 그런 모든 저항을 뚫고 휘몰아쳐서 본심을 드러내고야 말게 만든다. 너무나 강력해서 그냥 은유에 빨려들어간다. '내'가 해체되어 더 이상 작용을 못하게 되고 나면 자기도 모르게 깊은 무의식의 내용들이 드러난다. 그것은 당황스러우면서도 매력적인 경험이다. 뿐만 아니라 깊은 무의식과의 접촉만으로도 사람들은 몰라볼 정도로 깊이 회복된다. 그 변화는 순식간에 일어나지만 후속 변화를 불러오며 거의 항구적인 효과를 낳는다.

여섯째, 이야기를 하면서 두려움과 부끄러움 등 감추고 싶었던 감정을 자기 혼자만이 아니라 다른 사람들도 똑같이 느끼고 있다는 사실을 알게 되는데, 이것이 큰 안도감을 주기 때문이다. 이러한 안도감은 자신감을 갖게 하고 어려움을 헤쳐 나가는 자신의 방법을 터득하도록 문을 열어준다.

일곱째, 의사소통이 개선되기 때문이다. 내담자들은 종종 자신의 문제를 말로 잘 표현하지 못한다. 일반 상담에서는 내담자의 걱정거리에 대한 대화가 진심 어린 마음에서 이루어질지라도 직접적인 표현 때문에 내담자가 심문당하는 느낌을 받을 수 있다. 이와 달리 은유를 통해 이야기할 때 내담자는 안전하다는 느낌을 받게 되고, 그 느낌은 모든 것을 밝히게 한다.

TV 드라마에 나와서 유행한 단어 가운데 '시월드'라는 말이 있다. 원래 'sea world'라는 외래어가 '시집'의 은유로 바뀐 것이다. 한국의 기혼여성들에게 '시집'은 함께 살면서 생활을 같이하는 가족이라기보다 거부할 수도 없고 바꿀 수도 없는 거대한 하나의 세계로 느껴진다. '시월드'라는 말은 더 설명하지 않아도 그들끼리 '척하면 딱' 통하는 매개체이다. 이 은유를 바탕으로 그들은 서로의 어려움을 공감한다. 다른 한편 '시월드'라는 은유를 사용하는 순간 '시집'은 '우리와는 다른 세계'가 되어 그 구태의연하고 답답한 느낌이 해소되어버린다. 이렇게 '시월드'라는 새로운 은유는 '시집'이라는 구식 표현보다 오늘날 한국의 기혼여성들이 느끼는 진실을 훨씬 잘 대변해준다. 한국의 기혼여성들이 서로의 처지를 안전하게 공감하고 소통을 하는 데는 이 한 단어면 충분하다. 이것이 은유의 힘이다.

여덟째, 신념 체계가 바뀌기 때문이다. 일반 상담에서는 상담자의 조언을 듣고 이해하더라도 신념 체계가 바뀌기까지 자기화하는 과정이 필요하다. 그 과정에서 현실적인 문제들이 발생하는

데, 특히 과거 습관들이 되살아나서 새로운 정체성이 뿌리내리지 못하게 방해하거나 자아의 저항이 발생하곤 한다. 또 머리로는 이해했으나 행동을 바꾸지 못하는 경우도 종종 있다. 그러나 은유스토리텔링은 직접 무의식에서 작용하여 신념 체계를 바꾸기 때문에 그 변화가 지속될 뿐 아니라 계속적인 변화를 연쇄적으로 일으킨다. 특히 스스로 문제를 해결했다는 자신감과 변화의 경험이 그 변화를 지속적인 것으로 만드는 데 큰 도움을 준다.

은유를 통한 이야기 재구성은 참가자 스스로 본질이라고 믿는 정체성의 무의식적 차원까지 드러낸다. 또한 은유스토리텔링은 부정적인 것에 갇힌 마음을 해방시켜 자기에 대한 사랑과 자신감을 회복하도록 한다. 은유 속에 내재한 새로운 의미를 찾아냄으로써 참가자가 새로운 자아정체성을 형성하도록 돕는다.

정신분석이나 분석심리학에서 은유의 무의식적 의미를 분석하는 것과 달리, 은유스토리텔링에서는 은유의 의미를 해석하지 않는다. 은유스토리텔링은 은유를 해석하는 대신 은유의 전환을 통해 이야기를 만든다. 이렇게 이야기를 만드는 과정에서 심리 문제들이 해소되는데, 그 변화가 은유의 변화로 그치는 것이 아니라 깊은 무의식에서의 변화까지 불러온다. 그 결과 상담이 끝난 뒤에도 지속적으로 작용하여 현실에서도 변화가 일어난다.

현실을 구성하는 데 심리적 경험은 매우 중요하다. 인도의 불교 사상가 세친世親이 몽정夢精을 예로 들어 설명한 것처럼 꿈에서의 경험[성적인 쾌감]은 심리적인 것이지만 현실에 영향[정액을 내보냄]을 준다. 또 꿈을 꾸는 사람에게 꿈이 현실성을 갖듯이, 라캉의 정신분석학에서 '상상계'와 '상징계'는 이름의 세계지만 '실재계'와 마찬가지로 심리적 현실성을 갖는다.

이와 비슷한 맥락에서, 은유스토리텔링을 통해 일어난 심리적 변화는 단지 상상적인 결과가 아니라 심리적 현실성을 갖는 변화를 가져다준다. 변화가 가능하다는 것은 우리 심리 과정의 상당 부분이 상상적인 것으로 가득 차 있다는 뜻이기도 하다.

은유스토리텔링을 통해 무의식의 어떤 부분이 건드려지면 그것은 이미 정해진 방향, 다시 말해 그 갈등을 해결하는 방향으로 스스로 알아서 전개된다. 거의 자동화된 반응처럼 어떤 변화가 폭발적으로 일어난다. 이때가 되면 상담자는 가만히 그 과정을 지켜보면서 내담자가 쏟아내는 말과 심상들을 그대로 따라가주기만 하면 된다.

이렇게 은유스토리텔링상의 변화가 진행되면, 은유스토리텔링 참가자는 매우 큰 심리적 변화를 겪으면서 자신이 느꼈던 현실에서의 심리 문제가 저절로 해소되는 경험을 하게 된다. 그와 더불어 이야기는 끝이 난다. 놀랍게도 이야기에는 끝이 있다. 우리의 일상은 끝이 없지만 마음의 이야기는 어느 시점에서 끝이 난다. 이렇게 종결된 사건들은 심리적으로 더 이상 그 사람에게 영향력을 행사하지 못한다. 그야말로 지나간 과거가 된다.

물론 현실의 삶에서 모든 문제가 해결되는 것은 아니다. 심리적인 문제가 해결되고 그다음 방향이 이미 정리되었다 하더라도, 참가자는 현실로 돌아가 실제 삶 속에서 변화된 어떤 행동을 해야 하고 그 행동의 결과가 다시 그에게 어떤 심리적 변화를 가져다준다. 하지만 이 과정에서, 은유스토리텔링에서 일어난 변화가 뒤집히거나 정해진 방향에서 벗어나는 일은 거의 없다.

주변 사람과의 관계 때문에 어려움을 겪었던 한 참가자는 지금도 그 상황이 완전히 해결되지는 않았지만 예전처럼 고통을 받지는 않는다고 했다. 그렇다고 무작정 참거나 견디는 것도 아니었다. 문제가 되었던 부분들을 하나하나 해결하기 위해 노력하고 있지만 심리 상태는 이전과 완전히 다르다고 했다.

"생각의 변화보다 더 빠른 것이 의식의 변화였던 것 같다. 답을 하고 있는 중에도 의식은 순식간에 변화되었는데 정말 놀라울 정도였다."

일련의 체험들을 통해 자기 자신에 대한 의심뿐 아니라 타인에 대한 의심까지도 점차 믿음으로 전환된다. 자기의 내면에 스스로 변화시킬 수 있는 힘이 있다는 믿음이야말로 모든 변화의 시작이다.

나무는 어떻게 자라는가

은지의 이야기

요즘 젊은이들은 풍요롭게 자랐지만 하루하루의 현실이 버겁기만 하다. 연애, 결혼, 출산을 포기했다고 하여 삼포세대라고 불리다가 요즘은 포기하는 항목이 점점 늘어나서 아예 N포세대라고 불린다. 청년실업자는 말할 것도 없고 직장생활을 하는 젊은이조차 당장 내일을 예측할 수 없다는 불안감에 휩싸여 있다.

젊은 직장 여성 은지는 겉으로는 아무 문제가 없었지만 행복하지 않았다. 그래서 한 해 동안 자신을 위한 일을 해야겠다고 결심하고 정말 자신을 위한 것이 뭘까 찾아보았다. 물질적인 만족보다 정신적인 충족이 필요하다는 생각이 들어 절에서 명상도 하고 '은유와 마음' 프로그램에도 참여했다.

은지는 자신과 닮은 물건으로 "온실 속의 잡초"를 들었다. 가족 관계나 직장에 대하여 묻지 않았지만, 나는 '온실 속의 잡초'라는 은유를 통해 그의 상황을 짐작할 수 있었다. '온실 속의 화초'가 아닌 '온실 속의 잡초'라는 은유는, 괜찮은 환경과 좋은 부모님 아래서 사랑받으며 잘 자랐지만 자신의 상황에 만족하지 못하는 그 복잡한 속마음을 간결하지만 놀랍도록 정확하게 보여준다.

자라면서 은지는 늘 온실을 벗어나 독립적인 삶을 살기를 꿈꾸었다. 하지만 사회에 나온 뒤에도 온실을 벗어나지 못하고 있는 것만 같았다. 더 이상 온실에 머물러 있으면 안 된다고 생각하면서도 생각대로 되지 않았다.

그는 스스로 잡초라고 생각했지만 들판에서 자라는 잡초는 아닌 것 같았다. 지금까지 부모님 집에서 지내고 있고 직장에서도 큰 문제가 없으므로 들판의 잡초가 아니라 온실 속의 잡초라는 것이 맞는 말이다. 잡초지만 끈질기게 온실 속에 머물러 있다. 한편으로는 감사한 일이지만 다른 한편으로 '왜 나만 화초가 되지 못했을까?'를 생각하니 속상하기 이를 데 없었다. 온실 속에 있는 다른 화초가 부러웠다.

"왜 화초가 아니라고 생각하세요?"

"왜냐면요, 물질적으로 더 풍요로운 사람들이 있잖아요. 그 사람들이 화초예요. 전 아니에요."

자신이 처한 상황에 만족하지 못하는 사람들에게 상담사들은 일반적으로 자기보다 못한 사람을 보면서 만족하고 감사하라고 조언한다. 더구나 좋은 부모님 밑에서 잘 자라서 좋은 직장에 다니고 있으니 은지의 불만은 다른 사람들이 보기에는 사치였다.

은지도 그 사실을 잘 알고 있었다. 하지만 그게 마음대로 되지 않았다. 이성적으로 생각해보면 맞는 말이지만 자신보다 못한 사람보다 잘난 사람을 바라보게 되고 그럴 때마다 부러움과 불만이 생기는 것을 어떻게 할 수 없었다. 이럴 땐 직접적인 충고가 소용이 없다.

"사람들이 그래요. 나보다 못난 사람을 보면서 감사하며 살라고요. 하지만 더 높은 곳을 바라보면서 더 좋은 것을 성취하고 싶어요."

마음의 문제를 해결하려면 지금까지의 생활 패턴이나 사고방식과 다른 새로운 방법을 모색해야 한다. 상담자의 도움이나 적절한 조언이 필요하지만 주입식은 곤란하다. 아무리 좋은 말이라도 외부에서 주어지는 충고나 조언은 받아들이는 사람의 심리 상황이나 내면의 역량을 고려하지 않기 때문이다. 조언이 정말 효과가 있으려면 조언을 받아들일 만한 마음 준비가 되어야 한다. 또 그럴 만한 힘이 내면에 있어야 한다. 다시 말해, 문제를 안고 있는 사람의 내면으로부터 해결책이 나와야 한다.

이런 경우에는 도덕적인 충고나 종교적인 설교보다 먼저 자신의 욕망을 표현하도록 하는 것이 도움이 된다. 마음이 욕구하는 것, 마음이 작용하는 방식을 이해한 다음에야 그것들을 어떻게 해야 할지 알 수 있기 때문이다. 일반적으로 도덕적인 충고나 종교적인 조언들은 욕망을 금기시하거나 부정적으로 보기 때문에, 상담받는 사람은 자연스레 자신의 욕망 표현을 조심스러워하거나 꺼려하게 된다. 그러다 보면 자신이 어떤 욕망을 가지고 있는지조차 알지 못하는 경우도 생긴다.

사람들은 왜 욕망을 말하려고 할까? 또 욕망에 대해 이야기하는 것이 왜 치료에 도움이 될까? 사실 말한다는 것은 듣는 사람에게 자기가 하고 싶은 것을 전달하는 행위이다. 그런데 나의 욕망을 전달하는 과정에서 그것이 전달되어야 할 '대상'으로 바뀐다. 이처럼 자신의 욕망을 대상화하면 그 정체를 객관적으로 바라볼 수 있는 거리가 생겨난다. 그 결과 자신의 욕망을 좀 더 객관적으로 바라보게 되고, 욕망의 무게가 덜어진다.

그다음으로, 나의 욕망을 말함으로써 듣는 사람과의 관계를 만들게 된다. 라캉은 사람들이 타자의 욕망을 욕망한다고 주장했다. 이처럼 대부분의 경우 내가 원하는 것은 나의 욕망 대상을 충족시키는 것이 아니라 다른 사람의 관심을 받는 것이다. 따라서 상담자와의 관계 형성만으로도 욕망은 충족될 수 있다.

은유는 이런 상황에서 매우 효과적이다. 은유를 통하면 자신을 직접 드러내지 않기 때문에 좀 더 편안하게 욕망을 표현할 수 있다. 뿐만 아니라 간접적으로 말하기 때문에 일정한 거리를 두고 차분하게 자신을 객관적으로 바라보게 된다.

은유를 통해 마음의 문제를 확인한 다음에는 무엇을 해야 할까?

'은유와 마음' 프로그램의 두 번째 과정은 은유를 가지고 하는 상상력 놀이다. 상상력 놀이라는 말에 주눅 들 필요는 없다. 하나의 은유에는 여러 가지 의미가 내포되어 있기 때문에 상상력을 발휘하여 그중 하나로 이동하는 것은, '컴퓨터 바이러스'라고 말하면 '백신 프로그램'이 자동으로 상상되는 것처럼 쉽고 재미있다.

은유스토리텔링에서는 문제 해결 방향을 미리 제시하지 않은 채, 상상력을 동원하여 자유롭게 질문과 대답을 주고받는다. 참가자는 은유를 사용하여 자신의 내면을 간접으로 표현하기 때문에 욕망을 표현하는 데 따르는 부담감을 거의 느끼지 않는다. 또한 은유는 다의적이고 느슨하기 때문에 필요하다면 언제든지 피하거나 다른 이야기를 할 수 있다. 그래서 참가자는 안정감을 갖고 자신의 문제를 말할 수 있게 된다.

나는 '온실 속의 잡초'라는 은유를 가지고 마음대로 상상을 할 수 있도록 은지에게 여러 가지 질문을 했다.

"잡초는 지금 어디에 있어요?"

"온실 밖에 있어요. 거친 세상이에요."

"언제 나왔어요?"

"얼마 되지 않았어요. 그런데 다시 온실로 돌아가야 하나 망설여져요."

"왜요?"

"온실이 좋았던 것 같아요. 비바람 속에서 참고 견디는 것이 꼭 좋은 일인지 모르겠어요."

"그렇군요. 그런데 화초가 아닌데 어떻게 온실에서 뽑히지 않고 남게 되었나요?"

"구석진 곳에 있었어요. 그래서 사람들이 신경도 안 썼고 뽑으려고도 안 했어요. 워낙 존재감이 없었으니까요."

"그랬군요."

"큰 덩치도 아니고 새싹처럼 작지만 미운털은 없었던 것 같아요."

그것은 연둣빛 나는 보드랍고 예쁜 새싹이었다. 여리니까 더 돌봄을 받고 싶었다. 세상 풍파를 막아주는 따뜻한 온실이 아직은 필요한 것 같았다.

그에게 물었다.

"그런데 왜 나오셨어요?"

"태양에 대한 갈망 때문이에요. 더 밝은 빛을 받고 싶었어요. 물론 욕심이지만요."

대답하는 은지의 목소리에서 갑자기 힘이 빠졌다.

"온실 속에 있는 다른 꽃들도 밖으로 나오고 싶어 하나요?"

"아뇨. 그들은 화초라서 예쁨을 받고 있어요. 사람들은 꽃을 좋아하고 호기심으로 바라보지만 잡초는 보지 않아요. 호기심으로 바라보면 어쩌면 저를 뽑을지도 몰라요."

"어디로 가고 싶어요?"

"따뜻한 곳으로 가고 싶어요. 매일 오지 않아도 '너 자랐구나!'

하고 발견해주는 사람이 있는 곳이면 좋겠어요."

"지금 있는 곳은 어때요?"

"땅은 좋아요. 그런데 바람이 불고 비가 내리고 있어요."

잡초는 온실 밖에 뿌리를 내리고 벌써 10센티미터 정도 자란 상태였다. 비가 내려 땅이 윤택해진 덕분이다. 잎은 싱싱한 초록색으로 밝고 선명했다. 하지만 축 처져서 보기에 안쓰러웠다. 좋은 땅에 뿌리를 내려서 다행이지만, 온실 밖에서도 남들 눈에 띄지 않는 구석에 있어서 사람들의 관심을 받지 못하고 있었다. 사람들의 관심을 받으려면 키가 더 자라야 한다. 그러려면 거친 비바람도 견뎌야 하는데 아직 자신이 없었다. 거친 비바람을 감당하기가 어렵지만 온실로 돌아가고 싶지도 않았다. 바깥에서 쬐는 강렬한 태양과 자유로움이 좋았다. 은지는 힘들지 않게 비가 좀 살살 와주면 좋겠다고 생각했다.

첫 과정으로 나는 '온실 속의 잡초'라는 은유에 나타난 욕망을 분석하거나 처방을 하지 않고 참가자에게 자신의 욕망을 그대로 보면서 은유를 가지고 자유롭게 상상력 놀이를 하도록 여러 가지를 물어보았다. 이 과정을 통해 이 은유가 함축하고 있는 다양한 문맥과 상징적 의미가 드러났다.

은지는 큰 나무가 되고 싶지만 비바람은 피하고 싶고, 지금 느끼는 자유와 따뜻한 햇볕이 좋아서 다시 온실로 돌아가고 싶지 않다고 고백했다. 대화를 통해 그는 처음으로 '온실 속의 잡초'라는 은유에 숨겨진 자신의 이중적인 욕망을 바로 보게 되었다. 하지만 둘 다 가질 수는 없다. 이제 남은 것은 자신의 욕망 중 하나를 선택하는 일이다.

은유는 하나의 사물을 다른 사물의 관점에서 이해하고 경험하게 한다. 은지의 은유인 '잡초'는 은지가 자신의 현재 상태를 이해하는 방식이다. 그리고 우리는 은유를 자신과 직접 관련 있는 것들, 예를 들어 신체나 열, 방향 따위를 통해 이해한다. 이것들을 원천영역이라고 부른다. 은유가 떠오르는 것이나, 은유와 원천영역 사이의 연결은 무의식 속에서 자동으로 이뤄진다. 무의식의 내용이 스스로를 표현하기 적합한 은유로 연결되고, 그렇게 연결된 은유가 우리 의식에 자동으로 드러난다. 그 과정에 우리가 의식적으로 개입할 수 있는 여지란 사실상 없다. 우리가 은유를 선택하는 것이 아니라 우리가 은유에 선택당하는 것이다. 이러한 이유로 우리는 은유를 통해 무의식에 저장된 내용을 이해할 수 있다.

은유스토리텔링에서는 은유의 의미가 드러나더라도 바로 해결을 모색하지 않고 좀 더 은유에 천착한다. 문제를 새로운 관점에서 이해하기 위하여 원천영역과의 새로운 연결을 시도한다.

나는 은지에게 은유의 의미 내용을 정확하게 이해할 수 있도록 국어사전에서 '잡초'라는 단어의 의미를 찾아보라는 과제를 내주었다. 놀랍게도 잡초는 국어사전에 "기르지 않아도 아무 데서나 잘 자라는 풀"로 정의되어 있었다. 게다가 우리가 잘 아는 미나리, 토끼풀, 강아지풀, 제비꽃, 망초까지 모두 잡초에 속했다.

'쓸모없는 풀'이라는 일반적인 관념과 달리, 국어사전에서 말하는 '잡초'는 생명력이 강할 뿐 아니라 자세히 들여다보면 예쁘고 소중하며 유익하고 희망찬 것들이다. 그동안 관심을 안 가져서 몰랐을 뿐, 잡초는 저절로 자라는 좋은 풀이었다.

그때부터 은지는 '잡초'에 대한 생각을 바꾸기 시작했다. 잡초가 쓸모없는 것이 아니라는 사실을 알고 난 후로 자기라는 풀도 잘 가꾸면 잘 자랄 것 같다고 생각하기 시작했다. '잡초'의 의미 내용이 달라짐에 따라 은지는 자기 자신에 대해서도 다르게 생각하게 되었다.

이렇게 은유의 본래 의미를 확장하고 다른 의미로 변용하는 단계를 '재정의 과정'이라 한다. '온실 속의 잡초'라는 은유를 다시 정의하는 것은 자신의 욕망 중 하나를 선택하도록 하는 것보다 훨씬 효과적이다. 대부분의 사람들은 이와 같은 재정의 과정을 통해 사물을 새롭게 경험하고 자신의 문제를 다른 관점에서 조명함으로써 스스로 문제를 해결한다.

하지만 은지는 새로운 정의에 여전히 만족하지 못했다. 그의 잡초는 밝고 싱싱한 초록빛으로 빛나고 있지만 구석진 처마 끝에서 비바람을 피하고 있기 때문에 사람들의 눈에 띄지 않았다. 누군가가 관심을 두고 사랑해준다면 좋겠다는 바람은 여전했다.

우리는 다시 상상적 투사를 통하여 은유 속의 상황을 전환했다. 잡초를 원하는 곳으로 옮겼다. 옮겨진 곳은 숲이었다. 배경이 바뀌자 잡초 은유도 작은 나무 은유로 바뀌었다. 작은 나무는 큰 나무 아래에 있다. 큰 나무가 비를 막아주고, 주변에는 자기처럼 관심을 받지 못하는 어린 나무들이 있어 외롭지 않았다. 오히려 새로 왔다고 더 잘해주기까지 했다. 혼자 자라고 있지만 그 모습을 말없이 지켜봐주는 친구들이 있다는 것만으로 힘이 생기는 기분이었다.

그런데 좋은 느낌도 잠시뿐이었다. 은지는 숲으로 도망갔다는 생각을 떨칠 수 없었다. 피해 왔다는 생각을 하니 마음이 더 불편했다. 처마 밑 구석진 곳에 있었지만, 온실 밖으로 나온 뒤 잡초에 관심을 갖는 사람들이 몇 있었다. 다른 사람의 관심에 익숙지 않았던 은지는 그것을 받아들이지 못했다.

"나를 바라보는 사람이 있지만 왠지 관심을 주는 게 아니라 날 감시하는 것 같아요."

사람들의 관심을 받고 싶었지만 막상 관심을 받게 되니 감시당하는 것 같은 느낌이 들어 불편했다. 한편으로는 독립을 원하면서도 다른 한편으로는 의지하고 싶은 이중적인 욕망에 마음이 흔들렸다.

숲으로 옮긴 뒤 처음에는 달라진 환경 때문에 기분이 좋았지만 내면의 것들은 그대로라는 사실을 발견했다. 관심을 받는 것이 부담스러워 숲속으로 혼자 숨어든 것 같았다. 뿐만 아니라 새로운 환경에서도 은지는 다른 것과 비교하는 습관을 버리지 못했다. 주변의 커다란 멋진 나무와 비교되어 더 작고 볼품없다는 생각이 점점 들기 시작했다. 그리고 큰 나무가 되려면 비바람을 견뎌야 하는

데, 숲속의 큰 나무 밑에서 비를 피하고 있으니 큰 나무가 될 수 없을 것만 같았다. 다시 걱정이 시작되었고 자신감도 없었다.

상상적인 경험이었지만 은지가 가지고 있던 고정관념은 새로운 상황에서도 바뀌지 않았다. 마음의 습관은 뿌리가 깊어서 환경이 바뀌어도 계속되는 경우가 많다. 따라서 인지적 틀을 바꾸지 않는 한 어떤 환경에 처하더라도 동일한 심리 문제가 사라지지 않고 계속된다.

은지에게는 상황을 객관적으로 보는 연습이 필요했다. 관찰명상을 통해 자신의 생각을 관찰하는 것도 좋은 방법이지만, 은유스토리텔링에서는 상황을 다른 관점에서 바라보도록 하기 위해 질문을 던진다.

"큰 나무가 되려면 꼭 위험한 곳에서 비바람을 견뎌야만 하나요?"

역경을 견디고 성공한다는 이야기는 우리에게 익숙한 성공신화이다. 은지의 무의식 속에도 이런 생각이 들어 있었다. 그렇지만 은지가 이 신화를 곧이곧대로 믿는 것 같지는 않았다.

그가 큰 나무 이야기를 선호했던 것은 온실 속에 있는 화초 때문이었다. 그는 온실 속의 화초에게 이렇게 말하고 싶었던 것이다. "위험한 곳에서 비바람을 견디는 것이 정말 훌륭한 거야!"라고. 그리고 화초와 다른 점을 보여주기 위해 온실 밖으로 나왔으나 진짜 온실 밖으로 나왔다고 상상하자마자 두려움이 일어났다. 실제로 고난을 견딜 준비가 되어 있지 않았기 때문이다.

은지는 심리적으로 안전한 곳을 찾아 숲으로 들어갔다. 바로 그때 성공 신화가 그를 역습했다. 큰 나무가 되려면 비바람을 견뎌야 하는데 비를 피해 숲으로 숨어들었으니 성공은 물 건너 간 것이 아닌가라는 의심이 다시 그를 괴롭혔다.

성공을 위해 역경이 필요하다는 것도 하나의 이야기에 불과하다. 역경 없이 성공할 수도 있으며, 그러한 이야기도 가능하다. 하나의 이야기를 선택하면 다른 이야기는 선택할 수 없으므로 지금까지 은지가 선택해온 성공 이야기를 다른 성공 이야기로 바꾸어야 했다.

첫 시간에 은지가 상록수에 자신을 비유했던 것이 기억이 나서 '나는 큰 나무야'라고 생각해보도록 권했다. 회양목을 닮고 싶다는 은지에게 회양목이라는 새로운 은유를 자신과 연관지어보도록 했다.

완전히 새로운 관점에서 은유를 시각화하자마자, 은지는 스스로 선입견에 사로잡혀 자신을 의심하고 남들과 비교해서 항상 왜소하다고 생각하고 있음을 자각했다.

나는 그에게 질문했다.

"나무가 자랄 때 생각하고 자랐을까요?"

그가 대답했다.

"아마 나무는 움직이지 않고 오래 한자리에 있으면서 주어진 것들을 그대로 받아들이기 때문에 커졌겠지요."

"그렇다면 큰 나무가 되려면 어떻게 해야 할까요?"

"……."

상담을 마치면서 나는 다음 상담시간까지 실제 큰 나무를 관찰해보라고 제안했다. 인터넷을 뒤지거나 정원사를 찾아가 물어보아도 좋으니 직접 확인하고 그 내용을 써보라고 했다. 미사여구 없이 간단하게 그냥 보고 듣고 느낀 대로 기록해보라고.

다음 만남 때 은지는 훨씬 밝고 홀가분해진 모습으로 나타났다. 그는 그동안 일어났던 일을 들려주었다.

그는 직장으로 가는 길에 우연히 꽃집에 들렀다. 가게 입구에서 기웃거리다가 가게 안으로 들어가 식물들을 구경했고, 가게 깊숙한 곳까지 들어가게 되었다. 한구석에 작은 화분에 심긴 사철나무가 있었다. 왠지 모르지만 은지는 그 나무가 마음에 들었다. 보고 있으면 기분이 좋아졌다. 주인에게 값을 물어보았더니 상품가치가 떨어져 가게 한쪽에 내버려둔 거라며 팔지 않으려고 했다. 은지는 가까스로 주인을 설득해서 화분을 샀다. 값을 치르고 꽃집을 나오면서 화분을 보니 주인 말처럼 나무가 조금 시들어 있었다.

'내가 떠올렸던 관심 못 받은 나무였나?'라고 생각하는 순간, 머릿속에 번뜩 스쳐 지나가는 것이 있었다.

'이런 것이구나!'

신기한 느낌도 들었고, 화분을 바라보기만 해도 애정이 생기는 것 같았다.

'잘 길러봐야지.' 하고 다짐을 하니까 뭔가 새로워진 느낌이었다.

은지는 일요일부터 참선을 시작했다. 참선을 하던 중 문득 모두 다 꿈이라는 생각이 들었다. 그리고 자신도 모르게 엄격한 규율에 따라 생활하는 데 익숙해져 있음도 깨달았다.

'그래, 맞아. 모두 다 짊어지고 있을 필요가 없어.'

은지는 이제부터 조금씩 내려놓는 연습을 해야겠다고 결심했다. 일주일 내내 "나무가 어떻게 자라느냐?"라는 질문에 대해 생각하고 있었는데 그 순간 정리가 됐다.

'그냥 자라는 거지!'

그래서 숙제를 하지 않기로 마음먹었다. 이제 책을 찾지 않아도, 심각하게 생각하지 않아도 된다는 것을 깨달았기 때문이다.

'그렇게 될 일이었으니까 그렇게 된 거야!'

드디어 제자리를 찾았다. 이제 은지는 모순된 욕망을 내려놓고 다가오는 삶의 순간들을 있는 그대로 받아들이게 되었다.

상상적인 현실이지만, 은지는 은유를 통해 자신의 현재 모습과 유사한 새로운 관계를 만들었다. 은유는 한 개념을 외관상 서로 다른 개념에 투사하여 표현함으로써 새로운 의미를 낳는다. 그 때문에 은유는 상상력의 작용을 활성화한다. 그리하여 '차이를 초월해서'가 아니라 '차이에도 불구하고' 그 차이 속에서 유사성을 찾아 세계를 재구성한다.

은지의 첫 은유는 아무도 관심을 주지 않는 온실 속의 잡초였다. 그 은유는 건강하고 잘 자라는 잡초로 변했다가, 다시 숲속 나무 틈에서 자라는 작은 나무로, 그리고 마침내 잘 자란 큰 나무가 되었다.

이 변화는 처음에 상상의 과정이었지만 실제 사철나무 화분을 사서 그것에 자신을 투사하기 시작하면서 실제 상황으로 전환되었다. 이제 은지는 새로운 은유이자 자신의 또 다른 분신인 사철나무가 성장하는 모습을 지켜보면서 함께 성장해갈 것이다. 그 나무가 건강하게 잘 자라기를 바라지만, 혹시 시드는 일이 있더라도 은지는 거기서 새로운 무언가를 배우게 될 것이다.

"내 이름은 조미정이다"

승환과 미정의 이야기

"모든 사람은 천재다. 하지만 만약 나무에 오르는 능력으로 물고기를 평가한다면, 물고기는 평생 자기가 바보라고 생각하면서 살게 될 것이다."

- 알베르트 아인슈타인

인간의 사고는 근본적으로 연관적이다. 서로 다른 사건들 사이의 관계를 구성함으로써 개별로 흩어진 경험들을 인과 관계나 비교 관계에 있는 사건들의 연속으로 바꾼다. 대부분의 언어적 사고는 추론, 즉 비량比量에 근거하여 두 개의 항을 몇 가지 기본 관계로 연관 짓는다. 관계구성틀 이론에 따르면 두 개념 사이의 관계는 개념의 본래 속성에 따라 연결된 것이 아니라 사람들이 구성한 것이다.

예를 들어 우리는 '사과'와 '빨갛다'라는 두 단어를 대상과 속성의 관계로 연결하여 "사과는 빨갛다"라고 인식하고 말한다. 하지만 사과가 반드시 빨간 것은 아니다. 초록 사과, 노랑 사과도 있다. 더 엄격하게 말하면 우리가 빨강 사과라고 보는 것조차 사실은 빨갛지 않다. 폴 세잔Paul Cézanne의 유명한 사과 그림을 보면 사과 색깔이 얼마나 다양한지 알 수 있다. 하지만 사람들은 '사과'와 '빨갛다'는 단어를 보면 자동으로 연관을 짓는다.

추론하는 인지구조를 지닌 덕분에 인간은 경험을 하지 않고도 사물에 대한 정보를 얻을 수 있다. 하지만 그 때문에 인간은 사물을 있는 그대로 보기보다 이미 익숙한 관계구성틀에 따라 자동으로 보게 되어 사물에 대한 잘못된 인식을 갖게 된다. 미국의 정신의학자 아론 벡Aaron Beck은 이런 '자동적 사고', 즉 사물에 대한 정확한 관찰이나 사유에 근거하지 않고 기존의 경험에 따라 자동으로 판단하는 것 때문에 여러 가지 심리적 장애가 발생한다고 보았다.

관습화된 은유들은 영역들 사이의 유사성에 대하여 천편일률로 판단한다. 고정된 틀로 세상을 바라보면 세상의 진면목을 보지 못하는 것은 물론이고 세상을 그 틀에 따라 살게 된다. 상상력이 갇혀버려 관점이 제한되고 사물의 진실에 눈먼 채 마음의 고통을 과장하게 된다.

대학수학능력시험은 대한민국의 연례행사 중 가장 큰 일이다. 전 국민이 학부형이 되어 수험생들이 무사히 시험을 치르기를 기원한다. 단 하루 만에 수험생의 장래가 결정되기에 하늘을 나는 비행기까지 멈추게 할 정도로 극성이다.

그런데 정작 문제는 시험을 치른 뒤의 시간이다. 시험을 잘 보았다고 생각하는 수험생은 극히 드물다. 결과를 기다리는 긴장과 초조함은 대학 합격 발표가 나는 날까지 계속된다. 아이들도 부모들도 숨죽이는 시간이다. 시험을 못 보았다는 생각에 실제로는 높은 성적을 받은 수험생이 자살하는 일이 벌어지기도 하는 등 난생 처음 큰일을 겪은 아이들은 좀처럼 마음을 추스르지 못한다.

수능시험을 본 후 합격 발표를 기다리는 고등학교 3학년 학생들을 대상으로 매년 '은유와 마음' 프로그램을 진행하고 있다. 그들의 긴장과 불안감은 은유에 그대로 나타난다.

많은 수험생이 들판에 홀로 서 있는 외로운 나무에 자신을 비유한다. 나뭇잎도 다 떨어지고 쓸쓸한 나무가 자신의 현재 모습이라고 생각한다. 그중에는 자신을 "도시 큰길가에 서 있는 은행나무"에 비유한 수험생도 있었다. 그 은유 자체에는 특별한 문제가 없다. 하지만 그 나무는 주변의 다른 은행나무와 달리 열매를 맺지 못하는 은행나무였다. 또 어떤 여학생은 "폭우 속에 떨고 있는 전나무"를 이야기했다. 그 나무 역시 나뭇잎이 시들고 혼자 있는 나무였다. 그리고 겨울이 끝날 때까지 비가 내릴 것이라는 암울한 전망까지 덧붙여져 있었다.

수험생들은 하나같이 외롭고 힘든 나무의 은유를 선택했다. 나뭇잎이 다 떨어졌거나 폭우 속에서 떨고 있는 나무들, 겨울이 다 지나도록 그렇게 절망하고 있을 그들의 아픔이 그대로 전해졌다.

그런데 발상을 바꾸면 어떨까? 나뭇잎이 다 떨어져도, 폭우 속에 홀로 서 있어도, 그래도 견디는 건강하고 씩씩한 나무라고 말이다.

성실하고 반듯한 모범생인 승환은 평소에도 형이 대단해 보였지만 대입시험을 치고 나니 형이 더 대단해 보였다. 승환의 형은 곧 제대해서 새 학기에 복학할 예정이었다. 군대는커녕 대학 입학도 못한 승환으로서는 그 모든 것을 다 해낸 형이 정말 부러웠다. 형은 공부도 잘했고 군대 가기 전에 대학에서 과외활동도 열심히 했으니까 졸업하면 분명히 좋은 직장도 얻을 것이었다. 아직 출발도 안 한 자기와 비교하면 형은 까마득히 앞서 있었다.

승환은 성실한 아이였지만 대학입시 준비를 그리 열심히 하지 않았다. 공부보다 다른 생각에 몰두해 있었던 탓이다. 공부를 열심히 하지 않은 것이 후회가 되었다. 대학에 합격하지 못하면 모두 열심히 공부하지 않은 탓이라고 생각하니 마음이 더 초조해졌다.

자기의 나무를 찾아보라는 제안에 승환은 가을이 왔지만 단풍이 들지 않고 계속 푸르기만 한 단풍나무를 떠올렸다.

'다른 나무는 다 단풍이 들었는데 왜 내 나무만 푸른 거야?'

아무래도 시기를 놓친 것 같았다.

'남들이 단풍 들 때 같이 들어야 예쁜데…….'

운동도 잘하고 리더십도 있어서 평소 친구들에게 인기가 많았지만 왠지 요즘은 인기도 떨어진 것 같았다. 혼자 생뚱하게 푸른 단풍나무처럼 승환은 친구들과 어울리지 못하고 위축되어 있었다.

승환은 초초해졌다. 남들은 다 단풍이 드는데 자기만 그러지 못한가 싶어 불안하기도 했고, 그동안 열심히 공부하지 않아서 그런 것 같아 후회스럽기도 했다.

'기다리면 앞으로 언젠가는 단풍이 들 거야.'라고 스스로 위로도 해보았지만 승환은 그게 언제일지 몰라 더 답답했다.

승환의 이야기를 듣고 나는 반문했다.

"꼭 같이 단풍이 들 필요가 있을까?"

승환은 갑자기 정신이 들었다. '그래, 꼭 지금 들어야 할 필요는 없지!'

"예, 그러네요. 지금 꼭 들어야 할 필요는 없는 것 같아요. 저에게 오는 대로 단풍이 들면 되겠죠. 물도 먹고 열매도 맺으며 그대로 존재하고 있으면 언젠가 단풍이 들 날이 오겠죠."

단풍이 들지 않는 단풍나무는 대학입시 결과를 받지 못한 승환 자신을 상징한다. 주변 나무들이 모두 단풍이 들었다고 여기는 것은 승환이 자신과 친구들을 비교하는 관점을 보여준다. 아직 정시 합격 발표가 나지 않았기 때문에 대부분의 아이들이 승환처럼 합격 발표를 기다리고 있었지만, 승환의 생각에는 다른 친구들은 모두 합격했는데 감추고 있는 것만 같았다.

단풍이 남들과 꼭 같은 때 들어야만 하느냐는 나의 질문에 승환은 비로소 남들보다 늦게 단풍이 든다고 해서 잘못은 아니라는 생각을 하게 되었다. 단풍나무 하면 자동으로 전개되는 사고방식에서 떠나 새롭게 바라보니 아무 문제도 없었다. 합격 발표까지 시간이 좀 걸렸지만 승환은 그해 본인이 원하는 대학 원하는 학과에 무난히 합격했다.

나중에 승환이 여러 사람들이 모인 장소에서 그때의 경험을 이야기할 기회가 있었다. 단풍나무에 단풍이 들지 않아 고민하던 자신에게 "꼭 같이 단풍이 들 필요가 있을까?"라는 질문이 매우 놀랍게 들렸다고 했다. '늦게 물이 들 수도 있지.'라고 생각하니 그때까지 문제라고 생각했던 것이 전혀 문제가 아닌 게 보였다고 했다. 승환은 그 덕분에 당시 고민들을 덜어놓게 되었다며 환히 웃었다.

미정은 산만한 아이였다. 평소에도 주의가 산만하여 공부에 집중하지 못했다. 내 강의를 들으면서도 끊임없이 다리를 떨었다. 수업 도중 휴대폰으로 문자메시지를 주고받는 것은 물론이고, 명상 시간에도 딴청을 피우다가 끝나기 무섭게 "다리가 아파요, 허리가 아파요." 하면서 불평불만을 쏟아냈다. 수능시험도 잘 보지 못해 미정은 많이 불안해했다. 수능시험 직후여서 모든 아이가 집중하지 못했지만 미정의 상태는 다른 아이들보다 더 심했다.

나무에 빗대어 자기 이야기를 해보라고 했을 때 미정은 자신을 '숲속의 나무'라고 했다. 그 나무가 어떤 상태냐고 물었더니 산에서 다른 나무들과 경쟁하고 있다고 대답했다.

미정에게 학교는 배움의 터전이 아니라 살벌한 경쟁의 장소였다. 다른 친구들과 경쟁해서 이겨야 하는 곳이지만 남들을 이길 자신도 없었고 경쟁자들에 둘러싸여 있다는 사실도 불안했다.

미정만 그런 것은 아니었다. 다른 아이들도 비슷하게 느끼고 있었다. 다만 다른 아이들은 친구들과 재미있게 지낸 경험 덕분에 친구를 경쟁상대로 보는 생각이 어느 정도 누그러졌고, 미정은 그러지 못했을 뿐이다.

자신을 닮은 물건을 가져오라는 다음 과제에, 일주일 후 미정은 주머니에서 백 원짜리 동전을 꺼내 보였다. 백 원짜리 동전과 닮은 점이 무어냐고 물었더니, 엉뚱한 대답을 했다.

"이게 그냥은 백 원짜리지만, 만약 이것을 탁자 유리 받침으로 쓴다면 백 원 이상의 값어치를 할 거예요. 그래서 동전을 가지고 왔어요."

"정말 그렇구나. 그럼, 그것 말고 백 원짜리 동전을 활용하는 방법이 또 뭐가 있을까?"

우리는 함께 백 원짜리 동전을 활용하는 여러 가지 방법을 생각해보았다. 미정은 동전이 몇 개 더 있으면 아이들 장난감으로 쓸 수도 있을 거라고 말했다.

미정은 여전히 시큰둥해했지만 나는 동전 은유에서 희망을 발견했다. 지금은 백 원밖에 안 되는 보잘것없는 존재지만 장차 그 이상의 가치를 지닌 사람이 되고자 하는 미정의 의지를 읽을 수 있었다. 동전 은유는 더 가치 있는 삶을 살고자 하는 의지를 분명히 보여줬지만 정작 미정은 그걸 모르고 있었다. 그날은 미정에게 따로 이야기하지 않고 그냥 지나갔다.

다시 일주일이 흘렀다. 미정은 크게 달라 보이지 않았다.

"지난번에 네가 백 원짜리 동전이지만 그 이상의 가치가 나가도록 쓰는 방법을 말했지?"

"예."

"더 생각해본 것 있니?"

"별로……."

"그래? 괜찮아. 넌 벌써 훌륭하게 잘했잖아. 백 원짜리 동전을 다르게 쓰는 법을 말했듯이 너 자신을 지금의 가치 이상으로 만드는 방법을 찾아보면 어떻겠니?"

"???"

마지막으로 나는 지나가는 말처럼 툭 던졌다.

"그리고 말이야, 너에겐 특별한 재능이 있어, 발상의 전환이라는. 그건 아무나 가질 수 있는 게 아니야. 발상의 전환을 할 줄 아는 특별한 재능을 잘 살려봐!"

그때까지 시큰둥하게 듣고 있던 미정이 깜짝 놀라는 기색이었다. 스스로 고지식하고 융통성이 없다고 생각하고 있던 미정이었기에, 자기에게 발상의 전환이라는 특별한 재능이 있다는 말은 놀라운 발견으로 다가왔다. 그런 말을 듣는 것도 생전 처음이었다.

백 원짜리 동전에 대한 창의적인 생각 때문에 미정은 자신에 대해 다시 생각하게 되었다. 미정에게 친구들을 경쟁자로 생각하지 말라고 이야기할 필요는 없었다. 자신감을 얻으면 경쟁을 두려워하지 않게 될 테니까. 창의적 생각은 남들과 경쟁해야 할 필요가 없기 때문에 더욱 그랬다. 뿐만 아니라 누군가가 자신을 인정해준 것도 미정에게는 처음 있는 일이었다.

발상의 전환은 창의성을 요구한다. 하지만 학교 시험으로는 이를 발견할 수도 없고, 설사 발견한다 치더라도 학교 시스템에서 창의성은 제대로 인정받지 못한다. 시험에는 하나의 정답만 있기 때문에 정답이 아닌 다른 생각이나 다른 발상은 점수를 받지 못한다. 백 원은 백 원일 뿐이다. 학교는 다른 방식으로 사물을 보는 것을 격려하기는커녕 무시하기 일쑤다. 어른들은 똑같은 생각, 똑같은 능력으로 아이들을 평가하기 때문에, 아이슈타인이 지적했듯이 물고기가 나무를 못 탄다고 바보라고 꾸짖는다.

미정의 말처럼 백 원짜리 동전의 가치는 항상 백 원으로 결정되어 있는 것이 아니다. 사용하기에 따라 그것은 그 이상의, 또는 그 이하의 가치를 가질 수도 있다.

보통 심리상담사들은 증상이 사라질 때까지 상담을 계속하지만, 미정의 경우에는 불안 증상이 완전히 해결되지 않았음에도 상담을 끝냈다. 문제를 해결할 수 있는 자원만 확인해주면 충분하지, 문제 해결법까지 알려주어 그에게 있는 자생력을 잃게 해서는 안 되기 때문이다. 앞으로 미정은 시행착오도 겪고 불확실성과 맞서

기도 하겠지만, 살아가면서 부딪히는 문제를 스스로 해결해야 한다. 어른이 된다는 것은 바로 그런 것이기 때문이다.

상담을 마치고 몇 주 뒤, 미정은 자신의 페이스북에 다음과 같은 글을 올렸다.

"내 이름은 조미정이다. 앞으로 절대 내 이름을 잃어버리는 일은 없을 것이다."

미정이 앞으로 어떻게 자기 문제를 해결해갈지, 어떻게 자신의 재능을 활용할지 모르겠으나 이 다부진 각오는 분명 미정의 삶을 이전과 다르게 만들 것이다.

홀로 자라는 대나무

선우 스님 이야기

선우 스님은 명상 공부를 하다가 발심해서 늦은 나이에 스님이 되었다. 스님은 은유스토리텔링을 배우려고 '은유와 마음' 프로그램에 참여했다가 삶의 의미를 새롭게 발견했다.

선우 스님은 첫 번째 은유로 오죽烏竹을 선택했다. 가늘지만 곧게 자라는 오죽처럼 세상 사람들의 관심에 연연하지 않고 올곧게 수행자의 길을 가고 싶은 바람과 텅 빈 오죽처럼 마음을 비우고 싶다는 뜻에서 고른 은유였다.

두 번째 은유로는 카세트테이프를 선택했다. 두 번째 은유는 첫 번째 은유와 사뭇 달랐는데, 그가 가져온 카세트테이프에는 초기불교 교리가 녹음되어 있었다. 그런데 내용이 어려워서 이해가 힘들다고 했다. 그는 모든 사람이 이해할 수 있도록 불교 교리를 과학적으로 설명한 카세트테이프를 만들 생각을 하고 있었다.

그에게 물었다.

"진리는 무엇인가요?"

"카세트테이프가 하는 말을 그대로 전하면 언제 어디서나 누가 말해도 똑같습니다. 진리는 변치 않는 것이지요."

선우 스님은 마음을 들킨 것만 같았다. 물건을 잘못 선택한 것이 아닌가 하는 불안감도 살짝 들었다.

"카세트테이프가 잘 작동하려면 어떻게 해야 하나요?"

"내용을 채워야 합니다."

"어떤 소리가 나옵니까?"

"몇몇 사람들은 들을 수 있지만 나머지 사람들은 들을 수 없는 소리입니다."

"길이는 얼마나 깁니까?"

"한 30분에서 40분 정도? 그런데 앞으로 길어질 거예요. 시리즈로 제작할 예정이거든요. 스무 개까지 제작하려고 해요. 앞으로 길어져야 합니다. 나와 비슷한 사람에게는 괜찮지만 다른 사람에게는 어려우니까요."

"누가 들으면 좋겠습니까?"

"여기 계신 분들요."

"더 없습니까?"

"힘들게 사는 사람들에게 들려주고 싶어요. 나도 그렇게 살았지만, '사실 그런 게 아니야.'라고 말해주고 싶어요."

선우 스님은 테이프를 한 편이 아니라 스무 편 이상의 시리즈로 제작하여 여러 사람에게 나누어주겠다는 생각을 품고 있었다. 특히 마음의 고통을 받는 사람들에게 고통을 덜어줄 수 있는 소리를 담고 싶다고 했다.

그런데 생각해 보니 진리는 사람들의 고통을 해결하는 데 도움이 되지 않으므로 돈 버는 방법을 가르쳐주는 것이 나을 것 같기도 하다며, 생각 정리가 안 되어 혼란스럽다고 했다.

"진리가 아무리 좋아도 현실적인 고통을 해결하기는 어려울 것 같습니다. 사람들이 원하는 것을 해주어야겠어요."

일주일 후 상담이 다시 시작되었다. 현실적인 고민을 털어놓은 뒤, 그는 카세트테이프에 자기 목소리가 아닌 다른 사람의 목소리도 담아보기로 했다고 말했다. 사람들에게 도움이 된다면 자기보다 이해심이 많은 사람의 목소리를 담는 것이 낫다는 생각이 든 것이다. 그는 모든 것이 상대적이라는 사실을 새삼 깨우쳤음을 고백했다.

늦깎이 출가였지만 불교에 대한 사명감이 남달랐던 선우 스님은 계속 카세트테이프를 채워가겠다고 하면서도 내용을 압축하여 간단하게 만들면 좋겠다는 생각도 했다.

"그래요. 남들이 좋아하는 것에 맞추어 교감이 이루어지면 그때 내 음악을 들려주겠어요."

"사람들이 원하는 것은 돈과 건강이니까 돈을 얻는 방편이나 몸과 마음의 건강을 챙길 수 있는 호흡법을 알려줘야겠어요."

그런데 선우 스님은 자신이 선택한 은유가 잘못된 것이 아닌지 불안해하기 시작했다. 다른 참가자들의 은유는 잘 맞아서 이야기가 잘 진행되는데, 자신의 은유는 왠지 겉도는 것 같았다.

그의 걱정대로 은유는 내면으로 들어가지 못하고 겉돌고 있었다. 하지만 그건 은유를 잘못 선택한 것 때문이 아니라 그가 선택한 은유 속에 뒤섞여 있는 모순된 욕망들 때문이었다.

나는 카세트테이프에 어떤 소리를 담고 싶은가에 대해 집중적으로 물어보았다. 그는 테이프에 불교를 과학적으로 이해한 것을 담아서 사람들에게 알려주고 싶다고 했다. 그래서 우리는 지금까지 녹음된 내용을 지우고 새로 녹음하기로 결정했다.

다음 시간, 우리는 대나무 이야기로 돌아갔다. 나는 그에게 대나무 속을 비우고 싶다고 한 이야기를 상기시킨 다음, 속이 비워지면 무엇을 하고 싶은지 물어보았다.

"대나무는 속이 비어야 소리가 잘 납니다. 속이 비면 더 많이 흔들릴 수도 있지만 유연성이 생길 것 같습니다."

"어떻게 하면 속을 비울 수 있을까요?"

"속을 비우려면 대나무를 굵게 만들려는 욕심부터 버려야죠. 그렇게 하려면 스스로 속을 닦아서 뱉어내야죠."

선우 스님은 의식하지 못했지만, 대화를 계속하는 가운데 그의 생각이 점점 정리되고 있었다. 그는 갑자기 대나무 소리를 녹음하고 싶다고 했다. 그래서 화제를 돌려 새로운 이야기를 시작했다.

선우 스님은, 지금은 남의 음악을 듣고 있지만 나중에 자신의 음악을 들려주어야 한다는 의무감을 느낀다고 털어놓았다.

"대나무 소리는 자연의 소리이므로 녹음을 해야 하지만 아직 자연의 소리를 제대로 내지 못하기 때문에 당분간 남의 음악을 듣고 실험을 해야 할 것 같습니다. 내 직업은 다른 사람들에게 음악을 들려주는 것입니다."

선우 스님은 당장 소리가 나지는 않지만 점차 속을 비우면 소리가 날 거라고 스스로 위로했다. 그는 속을 비우려면 혼자만의 공간이 필요하다고 고집했다. 그에게 나는 오죽헌으로 가서 다른 오죽들과 함께 지내는 모습을 상상해보라고 권했다. 그러자 그는 다른 오죽과 함께 있는 것이 익숙지 않다고 바로 불만을 터뜨렸다. 하지만 나는 숲을 이루며 자라는 대나무의 속성을 상기시키며 다른 오죽과 이야기해보라고 독려했다. 망설이던 그는 나의 계속되는 요청을 못 이기고 마침내 다른 오죽과 이야기를 시도했다.

선우 스님이 좋아한 것은 대나무의 맑고 깨끗한 성질이었다. 그래서 대나무가 다른 대나무와 어울려 있다는 사실을 받아들이지 않고 혼자 있겠다고 고집했던 것이다. 은유스토리텔링에서는 자유롭게 상상하도록 장려하지만, 때로는 자신이 선택한 은유의 객관적 속성을 들려주고 그것에 대해 생각해보도록 요구하기도 한다.

은유는 상상력에 현실적인 한계들을 부여한다. 한편으로 은유는 자유롭게 자신의 욕망을 표현하도록 돕지만 다른 한편으로는 객관적인 사물의 성질을 수용하도록 촉구하는 역할도 한다. 객관적인 현실을 받아들이도록 직접 요구했다면 강력한 저항에 부딪쳤을 수 있는 상황도 은유를 사용하면 받아들이기가 훨씬 수월하다.

선우 스님의 경우는 혼자만의 내면을 다듬고 싶은 욕구가 워낙 강했기 때문에 은유의 객관적 속성을 받아들이는 데 저항이 적지 않았다. 그럼에도 불구하고 자신이 선택한 은유이기 때문에, 그리고 진짜 이야기가 아니라 은유로 만드는 이야기니까 한번 해보자는 나의 권유를 못 이겨 고집을 꺾고 군집을 이루어 자라는 대나무들의 세계로 들어가 다른 대나무와 대화를 시도했다.

하지만 다른 대나무에게 말 걸기가 조심스러웠다. 서로 내면을 보여주려고 하지 않고 제각기 사는 방식도 달랐다. 다른 대나무들 틈에서 살기가 쉽지 않다는 것을 발견한 그는 오죽이 자라는 곳으로 가기로 결심했다. 그러려면 준비가 필요하다. 경비도 마련해야 하고, 어서 뿌리를 내려 오죽으로서 적응을 마쳐야 한다.

한 주가 지난 후 그에게 물었다.

"다른 오죽은 어떻게 소리를 냅니까?"

"자라온 환경이 잘 맞아서 자연스럽게 속이 다듬어졌다고 하는군요."

처음에는 어렵고 불편했으나 그를 따뜻하게 맞아주는 오죽들의 환대에 고무되어 자신이 오죽으로서 살아온 시간이 짧음을 인정했고 그들의 도움을 구했다.

그는 다른 오죽과 지내며 느낀 바를 다음과 같이 정리했다.

> 홀로 자라는 대나무가 있었습니다. 그는 카세트테이프에 녹음된 소리를 듣고 자신의 정체성을 찾아 오죽이 되기로 결심했습니다. 아직 오죽은 아니지만 변신 중이니까 곧 그렇게 되겠지요. 어느 날 오죽헌에 가서 다른 오죽들을 만났습니다. 그리고 깨달았습니다. 자신이 원래 오죽이었다는 사실을. 오죽은 남의 눈에 잘 띄지도 않고 대가 굵거나 튼튼하지도 않습니다. 하지만 가늘고 속이 비어 더 잘 울린답니다. 오랫동안 갈망했던 것이 바로 대나무 속을 텅 비우는 일임을 이제야 깨닫게 되었어요. 언젠가 속이 텅 비워지면 영혼을 울리는 소리를 낼 수 있겠지요. 그 소리로 카세트테이프는 채워질 것입니다.

선우 스님은 대화를 통해 비움과 채움이 하나의 과정이라는 사실을 이해했다. 그는 자신이 선택한 오죽과 카세트테이프라는 두 개의 은유가 전혀 연관이 없을 줄 알았는데, 실은 '속을 비우면 비울수록 더 큰 울림을 갖는다'는 하나의 메시지를 이야기하고 있다는 사실을 깨닫게 되었다. 그는 "대수롭지 않게 사물을 선택한 듯하지만 이렇게 연결되는구나!"라며 감탄했다. 처음에 그는 자신이 선택한 은유가 잘못되지 않았나 불안해하며 대화를 했으나 여섯 번째 만나는 날 비로소 그 은유가 자신의 내면을 정확히 보여주는 상징이었음을 이해했다.

프로그램을 끝내는 날, 그는 오죽과 카세트테이프 이야기를 통하여 그동안 막연하게 생각했던 자신의 길을 확실하게 볼 수 있어서 좋았다는 소감을 말했다. 그리고 자기만의 소리를 낼 수 있다면 여러 곳에 다니며 전해주고 싶다는, 특히 대나무 소리를 들어보지 못한 지역에 가서 들려주고 싶다는 강력한 희망을 밝혔다.

선우 스님은 세상을 바라보는 틀을 바꿈으로써 의식이 새로운 차원으로 성장하는 경험을 했다. 세계를 재구성하는 은유의 힘 덕분이다. 몇 년이 지난 후 선우 스님 소식을 들었다. 그는 미얀마에서 수행을 하고 있다고 했다.

당신은 벚나무의 어디를 보고 있나요

은정의 이야기

긍정심리학에서는 과거의 심리학이 마음의 부정적인 측면에 초점을 맞추어 설명하다 보니 오히려 부정적인 것을 강화시켰다고 비판하면서 마음의 긍정적인 측면을 찾아서 북돋울 것을 권한다. 하지만 의식적으로 노력을 해도 노력할 때뿐, 마음이 긍정적으로 바뀌기란 쉽지 않다. 마음 깊이 감춰진 상처를 외면하고 마음가짐을 긍정적으로 바꾸라는 요구는 오히려 무의식적 억압을 강화하기도 한다. 긍정적으로 만들기 위해 무의식 속에 억압받는 것이 있다면 그러한 긍정성은 표면적인 긍정성일 뿐 우리 삶에 전혀 도움이 되지 않는다. 단기적으로는 문제가 없을지라도 장기적으로 볼 때 자신과 주변 사람들에게 큰 상처를 남기며 마음은 더욱 공허해진다.

은유스토리텔링도 마음을 긍정적으로 변화시키려고 한다. 하지만 무턱대고 긍정적으로 되라고 요구하지는 않는다. 은유는 무의식 깊이 숨겨진 상처들을 드러내고, 긍정적으로 되라는 요구 때문에 억압되거나 무시당한 마음을 돌아보게 한다. 은유는 무의식을 바라보고 그 안에 있는 요구를 이해하고 전환시킴으로써 긍정적인 마음을 갖게 한다.

은정은 상당한 미모의 소유자였다. 외모에 어울리는 플라워숍을 운영하면서 소양을 더 쌓기 위해 야간대학원을 다니고 있었다. 매사 긍정적이고 열심히 살려고 노력하고 있었지만 왠지 자신감이 없어 보였다. 내가 그 대학에 출강할 때 그는 내 강의를 들으러 왔다.

그룹 은유스토리텔링 시간에 그가 선택한 건 벚나무였다. 봄날 화사하게 만개하는 벚꽃은 여러 모로 그에게 잘 어울리는 선택이었다. 그가 벚나무를 선택한 이유는 독특했다. 은정은 벚꽃이 일 년에 한 번 피지만 모두가 그 순간을 손꼽아 기다리기에 벚나무를 선택했다고 답했다. 벚나무처럼 많은 사람들에게 사랑받고 기다림의 대상이 되고 싶다는 것이 그의 바람이었다.

은정의 벚나무는 남산 길목에 있다. 벚꽃이 필 때까지 사람들은 잊지 않고 기다려준다. 항상 기다리다가 다시 만나면 반갑고 행복해지는 나무, 화사한 아름다움을 경험할 수 있게 하는 나무가 은정의 벚나무다.

"사람들이 나를 보면 기분 나빠하지 않아요. 항상 뿌듯해요."

얼굴만큼이나 아름답고 긍정적인 대답이었다.

"벚꽃이 떨어지면 아름다움이 없어지지 않나요?"

"예, 맞아요. 하지만 벚꽃이 항상 피어 있으면 벚꽃 축제를 하지 않을 거예요. 일 년에 한 번 피기 때문에 소중함이 더한 거죠."

"꽃이 졌다가 새로 필 때까지의 기간이 어떻게 느껴지세요?"

"정말 짧게 느껴져요. 더 아름다워지려면 준비가 필요한데, 그 때문에 하루하루 너무 바빠요. 그래서 마음이 다급하지만 늘 행복해요."

벚꽃은 그 화려함 때문에 많은 사람들이 좋아하지만 봄날 짧게 피었다가 지고 나면 금방 관심에서 멀어지는 존재다. 은정은 벚나무가 화려하게 꽃을 피운 모습보다 그 며칠을 위해 일 년 내내 준비하고 노력하는 모습에서 자신과 닮은 모습을 보았다.

"언제 행복하죠? 사람들이 뭐라고 말할 때 행복해지나요?"

"너처럼 아름다워지고 싶다고 할 때 행복해요. 때로 구경꾼들이 가지를 꺾어 가기도 해요. 하지만 저는 다르게 생각해요. '내가 얼마나 아름다우면 나를 가져가고 싶어 할까.'라고 말이죠. 그래서 아프지 않고 오히려 기분이 좋아요."

"하루 중 언제가 가장 행복합니까?"

"낮에는 한 장의 사진처럼 아름답게 보여서 좋고, 저녁에는 가로등에 비춰질 때 다이아몬드처럼 아름답게 반짝거려서 좋아요."

은정의 대답은 한결같이 긍정적이었다.

은유는 사물의 객관적 특징만이 아니라 주관적 경험과 해석도 반영한다. 은정은 벚나무에 사람들이 관심을 주는 것도 좋았다. 일 년에 단 한 번 짧게 꽃을 피우니까 더 소중하지 않느냐고 나에게 되묻기도 했다. 심지어 가지를 꺾어 가도 나의 아름다움 때문이니 행복한 거 아니냐고도 했다. 벚꽃의 아름다움을 위해서라면 어떤 노력도 어떤 희생도 모두 긍정적으로 받아들일 수 있었다. 무엇보다 다른 사람의 관심을 받고 싶은 은정의 욕망이 벚꽃의 아름다움과 자신의 미모를 동일시하게 한 동인이었다.

두 번째 수업에서 나는 그 사이에 어떤 일이 있었는지 물었다.

"나무가 꽃을 피우려고 준비하는 동안 하는 일은 뭐죠?"

"꽃이 잘 피도록 영양분을 흡수하려고 노력해요. 뿌리도 튼튼하게 하고요."

하지만 조금 변화한 모습이었다.

"부끄럽다는 생각도 했어요. 결국엔 이 모든 게 사랑을 받기 위한 거잖아요. '만약 내가 아무도 쳐다보지 않는 잡초라면 그렇게 준비했을까? 내 존재를 소중히 여겼을까?'라고 질문해봤는데…… 아닐 것 같아요. 그 힘의 원천이 나오지 않았을 것 같아요. 뿌듯한 마음도 갖지 못했을 것 같고. 아름다운 꽃으로 태어났기 때문에 준비하고 사랑을 받을 수 있었던 것 같아요."

그는 꽃을 피우려고 했던 노력이 다른 사람들을 기쁘게 하려는 동기보다 사람들의 관심을 받으려는 동기 때문임을 깨달았다.

"조건 없이 주려고 했던 것이 아니라 받기 위해 노력했구나, 하고 반성을 했어요."

"꽃이 없을 때 나무는 어떻습니까?"

"희망이 있어요. 아름다워질 것을 알기 때문이죠. 희망 때문에 힘들지 않아요."

"잎만 있을 때의 나무는요?"

"그때도 행복해요. 사람들이 아쉬워하는 시선이 느껴지기 때문이에요. 어깨가 으쓱해져요."

"나뭇잎은요?"

"나뭇잎도 예뻐요. 꽃만 있는 것보다 잎도 같이 있을 때 더 예뻐요."

은정은 벚꽃이 진 다음에 벚나무 잎이 피는 걸 모르고 있었다. 사실과 상상이 충돌했던 것이다. 사실을 알려주니 은정은 몹시 당황해했다.

두 번째 수업에서의 상담을 마치고 은정은 다음과 같은 느낌을 적어서 보냈다.

> 벚나무가 되어서 며칠을 지내다 보니 어느새 제가 벚나무가 되어버린 것 같은 느낌이 들기 시작했습니다. 그래서 교수님께서 질문을 하실 때마다 벚나무가 된 듯한 느낌으로 상상을 하면서 대답을 했는데, 그러다 보니 이야기를 하면서 저와 나무가 일치되어 있는 것을 알아차리게 되었습니다.

교수님께서 벚나무의 상태, 마음 그리고 나뭇잎만 있을 때와 꽃잎만 있을 때의 기분을 이야기해보라고 하셨는데, 저는 벚나무가 꽃잎만 열렸다가 꽃잎이 지면 잎사귀가 생긴다는 것을 몰라서 대답을 못했습니다. 다음에는 벚나무에 대해서 정확히 알아보고 오겠습니다.

집에 가는 길에 곰곰 생각해 보니 저는 벚꽃이 아름답다는 것과 많은 사람들이 벚나무를 보고 싶어 하고 사랑한다는 것만 보았더라고요. 저는 벚나무의 겉모습만 보고 좋아 보여서 선택한 것이었어요. 벚나무를 유심히 관찰하고서 아름답다고 느낀 게 아니라 사람들이 좋다고 하니까 그냥 벚나무가 좋아 보였던 거였습니다. '내가 남의 시선을 이토록 중시하고 살아온 건가?' 싶어 부끄럽고 창피한 마음이 들었습니다.

은유는 주관의 내면 상황을 반영하면서도 사태에 따라 사물을 관찰하게 하는 힘을 가지고 있다. 벚나무 은유는 은정의 내면에 있던 더 깊은 문제들을 수면 위로 끌어올렸다.

세 번째 수업시간이었다. 은정 차례가 돌아왔다.

그는 몹시 부끄러워하며 이야기를 시작했다.

"제가 벚나무인데 나뭇잎과 열매에는 관심이 없었어요. 부끄러웠어요. 눈에 보이는 부분에만 집착했어요. 종족번식을 하려면 열매가 가장 중요한데 목적을 잊어버렸어요. 그 부분에 대해 감사함을 모르고 살았어요. 예쁜 꽃만 신경을 썼어요."

눈물을 줄줄 흘리며 말을 이어가는 그에게 물었다.

"부끄러움 말고 다른 느낌은 없어요?"

"보이는 것만 집착하지 말고, 내면세계를 단단하게 만드는 사람이 되어야겠다고 생각했어요."

이제 나무 전체를 바라볼 시간이 되었다. 만약 처음부터 나무에 대해 이야기하도록 했다면 은정이 잘 받아들였을지 의문이다. 자신이 한 부분만 보고 있었다는 사실을 자각하고서야 비로소 나무 전체를 있는 그대로 바라볼 수 있게 된다. 벚나무를 바라보는 시점이 바뀌면서 벚나무 은유는 은정의 내면을 더 깊이 비춰주는 은유가 되었다.

"나무 전체를 보면 어떻습니까?"

"뭔가 불안해요. 나약한 느낌이 느껴져요. 예전과 달라요."

"어떤 부분이 나약한가요?"

"속이 꽉 차지 않았고 남들을 의식해요. …… 나를 다스릴 수 있는 능력을 키워야겠어요."

은정은 이제 있는 그대로의 진실을 받아들일 준비가 되어 있었다.

"나무속으로 들어가봅시다. 어떤가요?"

"까매요."

"기분이 어때요?"

"어둡고 답답해요. 답답하고 채워진 느낌이지만 사이사이에

기포처럼 많이 비어 있어요."

"기포 부분은 어떻게 느껴져요?"

"뭔가 건드리면 부스러질 것 같은 느낌이에요. 쉽게 찢어지고 부서지는 느낌요. 채워 넣고 싶어요. 거칠고 답답하고 지저분해요."

"기포의 기분의 어때요?"

"금방 모든 영양소가 다 그쪽으로 빠져버릴 것 같아요. 깨진 독 같아요. 건강하지 못한 느낌이에요. 불안이 점점 커져요."

"뿌리 부분은 어떤가요?"

"건강해요. 영양분을 잘 흡수하고 물, 햇빛을 잘 받고 있어요. 뿌리가 단단해서 잔가지 쪽까지 영양분이 잘 퍼져요. 그런데 중심부에서 물이 새서 걱정입니다."

"뿌리에서 영양분을 빨아들여 가지 끝까지 보냈을 때의 마음은 어떤 마음입니까?"

"사랑받고 싶은 마음이에요."

은정은 묻지도 않았는데 가족 이야기를 시작했다. 삼남매 중 막내인 그는 공부 잘하는 언니, 오빠에 치여 늘 자신감이 없었다. 그래서 엄마를 돕는 착한 딸이 되었다. 어릴 때부터 설거지며 청소며 집안일을 열심히 했다. 공부를 잘하지는 못했지만 예쁘고 말 잘 듣는 막내딸이라고 부모님으로부터 귀여움을 듬뿍 받았다. 엄마가 외출했다 돌아오실 때가 되면 언니, 오빠와 놀다가도 혼자 열심히 일한 척해서 언니, 오빠를 난처하게 만들기도 했다.

그는 늘 밝고 긍정적으로 생활했다. 언니, 오빠와 비교하며 열등감에 사로잡힐 수도 있었지만 그 에너지를 오히려 자기 발전을 위해 사용했다. 어려움도 외로움도 다 좋아질 것이고 열심히 노력하면 누군가가 자길 사랑해주리라는 굳은 믿음은 지금까지 은정을 지탱해온 힘이었다.

은유를 통해 은정은 자신이 감춰왔던 다른 속내를 발견하게 되었다. 현재를 긍정하는 마음은 일종의 보상심리이고, 진짜 자신을 위해서 살아온 것이 아니라 다른 사람들에게 의존해왔음을 알게 되었다.

은유스토리텔링은 온전히 은유로만 이뤄지기 때문에 참가자가 자신의 개인사를 이야기하지 않는 한 상담자는 그의 문제가 무엇인지 구체적으로 알 수 없다. 또한 은유스토리텔링이 그의 마음에서 어떤 반응을 불러일으켰는지도 알 수 없다. 그런데 어떤 참가자는 자발적으로 자신의 실제 이야기를 들려주기도 한다. 또 어떤 참가자는 은유스토리텔링을 통해 자신이 경험한 변화를 말하기도 한다. 이런 경우에 비로소 상담자는 내담자의 상황이나, 은유스토리텔링이 내담자에게 어떻게 작용했는지를 알게 된다.

네 번째 수업시간부터 우리는 더 깊은 내면으로 들어갔다. 우리는 지난번 통찰을 좀 더 견고한 것으로 만들기 위해 나무뿌리에 집중했다.

"뿌리에 대해 생각해보았어요. 하얀 백색이에요. 깨끗하고 순수한 느낌이 들어요. 그렇지만 힘들어해요. 중간에 걸림돌 같은 것이 있어서 영양분이 이동하지 않아요. 중간에 새는 느낌이 들어요. 땅은 촉촉해서 물을 잘 공급받고 있어요."

"사랑받고 싶은 마음에 최대한 끌어올렸어요. 강박적으로 빨아들였죠. 나무가 살아가는 데 지장은 없으나 뿌리는 지쳐 있어요."

이 지점부터 은유가 자동으로 변화했다. 이전까지는 내면 상태를 보여주던 은유가 이제 내면의 변화를 이끄는 촉매가 되었다. 은유는 자동으로 전환하면서 더 깊은 내면으로 침투할 뿐 아니라 문제 해결의 열쇠를 제공한다. 은유는 그 자체로 치유하는 힘을 가지고 있다. 의식과 무의식의 경계에서 참가자는 자기도 모르는 깊은 내면으로 미끄러져 들어가 은유의 주관적인 차원을 뛰어넘어 근본적인 변화와 성장으로 인도된다.

은유스토리텔링이 진행됨에 따라 벚나무는 성장했다. 은유는 상태를 반영하는 동시에 그것을 변화시켰다.

"벚나무 뿌리의 중간이 사다리같이 위로 올라가는 모양으로 바뀌었어요. 이제 뿌리가 조금 편안해졌어요. 깨달음이 기둥을 세우게 한 힘이었나 봐요. 나에게 가장 중요한 것은 열매예요. 열매는 나무의 상태를 나타내주는 것이죠. 반성의 힘으로 그렇게 되었어요."

그날 우리는 의미 있는 진전을 했다.

다음 수업시간에 나는 그에게 다시 나무 전체를 상상하도록 했다.

"이제 뭔가 안정된 느낌? 제자리에 온 듯한 느낌이 들어요."

마지막 시간이 되자 나무줄기가 더 많아졌다. 나무가 훨씬 튼튼해진 것 같았다.

나무뿌리는 예전에도 튼튼했는데 꾸준한 노력으로 곁뿌리가 더 많아진 느낌이었다. 영양분도 더 많이 흡수하는 것 같았다.

"가지와 잎이 단단해진 느낌이 들어요. 잎과 열매는 탱글탱글하고, 초록빛이 아름답고 선명해진 느낌이에요."

마치 내면을 바라보고 있는 것처럼 그는 말을 이어갔다.

"꽃은 예전처럼 아름다워요. 변화는 잎, 가지, 기둥에서 일어나요."

"꽃이 나무를 바라보면 어떤 느낌이 듭니까?"

"자라고 있는 것 같아요. 중심부를 튼튼하게 하니 잘 자라네요. 고맙다는 느낌도 들어요."

그는 덧붙였다.

"나무 전체가 빛나고 있어요. 눈부시게 빛나고 있어요."

"벚나무가 제 모습과 비슷해요. 바뀌었으면 하는 모습이 은유스토리텔링 과정에서 다 드러났어요. 독립심과 자신감이 부족했는데…… 약한 점을 감춰왔어요. 그래서 겉모습에 관심을 두었던 것 같아요. 내면이 강해져야 해요."

은정은 다시 자신이 경험하고 있는 것을 글로 적어 보내왔다.

벚꽃에 좀 더 관심을 갖고 공부를 한 뒤에 다시 수업이 진행되었습니다. 벚꽃을 자세하게 알고 난 뒤 나무의 깊은 내면세계로 들어가서 상상을 하고 이야기를 나누면서 단단하지 못하고 연약한 벚나무의 내면을 발견했습니다. 그 모습이 저 자신과 비슷하다는 생각이 문득문득 들었고, 그때마다 묘한 느낌을 받았습니다. 저의 약한 내면을 발견하고 난 이후로 외면보다는 내면에 더 집중하기 시작했습니다. 그렇게 계속 내면에 집중을 하다 보니 겉으로 보이는 것이 전부가 아님을 깨닫게 되었고, 그로 인해 내면이 점점 강해지고 있음을 느낍니다.

이 글에 마음의 기제를 이해할 수 있는 중요한 단서가 있다. '단지 내면에 집중하기만 해도 내면이 강해진다'는 것이다. 은유는 현재의 마음 상태를 드러내는 동시에 내면으로 들어가는 통로 역할을 한다. 은유를 통해 내담자는 내면에 숨겨져 있던 무의식적 상황을 끄집어내고 그것에 집중하게 된다. 은유는 무의식 깊은 곳에 억압된 내적 갈등과 문제를 드러낼 뿐만 아니라 그것들을 변용시킨다. 정신의 집중된 힘은 내면을 변화시키고 은유도 그 변화를 반영하여 변화한다. 은유스토리텔링의 놀라운 치유력은 바로 여기서 나온다.

은유의 변용적 힘을 활용함으로써 이야기는 새로운 단계로 도약한다. 은유스토리텔링에서는 은유의 변용을 통해 선호하는 이야기를 재정의하는 방식으로 다시쓰기 과정이 진행된다. 그것은 은유적으로, 곧 무의식적으로 이루어지기 때문에 그 변용은 매우 깊은 영향을 주게 된다. 짧은 시간에 깊은 변화와 치유가 일어난다.

은정의 이야기는 일반적으로 낮은 자존감이 원인이 되어 나타난 것으로 해석된다. 반면 은유스토리텔링에서 나는 은정에게 어떤 진단도, 어떤 전문적 처방도 내리지 않았다. 자신을 당당하게 보라는 식의 충고도 하지 않았다. 다만 자기 자신을 들여다보도록 도왔을 뿐이다.

은유에서 자동 전환이 이루어지고 나면 그 후에 다시 어떤 인위적인 노력을 가할 필요가 없다. 은유는 자동으로 성장하고 변화한다. 은유를 따라가기만 해도 어떤 변화가 일어나는데, 그것은 자신이 잃어버린 것, 찾고 있던 것, 또는 몰랐지만 내 안에 있던 무엇이다. 스스로 성장하고 변화하는 은유는 갈등이 종결되는 지점에 이르면 끝을 맺는다.

은유를 통해 은정은 그동안 스스로 감추고 있었던 자기 모습을 자신의 눈으로 보았을 뿐이다. 상담 초기에 자신을 꽃이라고 생각하던 그의 밝고 긍정적인 태도는 일반적인 상담에서는 권장하는 것이다. 스스로 아름다운 꽃이며 사람들에게 사랑을 받고 있다고 믿는 일은 매우 긍정적으로 보인다. 하지만 내면으로 들어가 보자 거기에는 사랑받지 못한 자아가 있었다.

일반적인 상담에서는 불안해하는 '내면의 아이'에게 다정하게 이야기를 걸어 자신의 허약한 자존감을 일으켜 보도록 권한다. 하지만 그것은 표면적인 위로에 불과하다. 더 깊이 들어가 보면 자존감은 원인이 아니라 반응이다. 자존감이란, 그것을 바라보고 달려간다 해서 얻어지는 것이 아니다. 그보다는 다른 사람을 위해 좋은 일을 하고 자신을 위해 무언가를 성취할 때 자연스레 생겨나는 것이다.

잔고가 0원인 저금통장

정숙의 이야기

은유는 구체적인 사물과 사람을 보여주지 않는 대신, 그것들과 관계하는 패턴을 보여준다. 따라서 은유를 통하면 자기 행동과 관계의 패턴을 알 수 있다. 또한 은유의 모호성과 다의성을 통하여 은유를 전환시킴으로써 새로운 관계의 패턴을 만들 수 있으며, 그 덕분에 힘들이지 않고 습관을 바꿀 수 있다.

'은유와 마음' 프로그램 참가자 가운데 자신을 저금통장에 비유한 이가 있었다. 정숙은 안정적인 중산층이었고 자녀들도 잘 자라서 언뜻 보기에 별 문제가 없었다. 다른 참가자들보다 말수도 적고 말을 할 때 늘 조심스러워하던 정숙은, 오십대 후반임에도 불구하고 세상풍파를 전혀 겪지 않은 듯한 순진한 눈망울이 무척 인상적이었다.

그래서일까? 정숙의 은유는 의외였다. 돈이 들어오고 나가지만 항상 잔고가 0원인 저금통장 은유는 중년 여성이 자신의 삶에 대해 느끼는 감정을 솔직하게 표현하고 있었다. 남편 뒷바라지를 하고 자식들 키우느라 바쁘게 살아왔는데 돌아보니 아무것도 남은 것이 없는 허전한 마음을 보는 듯해서 마음이 아팠다.

잔고가 0원인 저금통장 은유를 다른 관점으로 바라볼 수 있도록 나는 그에게 잔고는 똑같이 0원이더라도 입금과 출금을 자주 반복하거나 입출금의 규모를 늘리면 어떻겠느냐고 제안했다. 작은 가계통장을 입금과 출금이 빠르게 이루어지는 대기업통장으로 바꾼다면 어떤 변화가 일어날지 궁금했다. 하지만 정숙은 대기업통장 은유를 잘 받아들이지 못했다. 아마도 너무 낯설었던 것 같다.

은유를 전환시킬 때 상상으로 하니까 아무것으로나 해도 괜찮을 것처럼 생각할 수 있다. 하지만 마음 상태와 맞지 않는 은유는 잘 받아들여지지 않는다. 은유의 전환은 언어적인 유사성이 아니라 마음의 유사성이 있을 때 일어나기 때문이다.

그래서 방법을 바꿔 저금통장과 비슷하게 들어오고 나가는 것이 반복되는 새로운 은유를 찾아보라고 했다. 그가 찾은 은유는 자동회전문이었다. 돌고 돌지만 항상 제자리로 돌아오는 자동회전문이 잔고가 0원인 저금통장과 똑같다고 생각했던 것이다.

은유의 전환이 어떻게 일어나는지는 아무도 알지 못한다. 참가자도 나도 그것이 어떤 과정을 통해 마음속에 떠오르는지는 알 수 없다. 다만 그것이 떠올랐을 때 은유는 무의식에 감춰졌던 다른 내용을 탐색해 들어가는 열쇠가 된다.

은유가 자동회전문으로 전환되자 저금통장 은유에는 없었던 사람이 나타났다. 자동회전문 중간에 할머니 한 분이 서 있었던 것이다. 정숙은 눈앞에서 할머니를 보고 있는 것처럼 인상착의를 이야기했다. 머리카락이 희끗희끗하고 등이 굽은 할머니였다. 큰 병원 로비였는데, 할머니는 어디로 가야 할지 몰라 여기저기 두리번거리면서 병원을 헤매고 있었다. 보호자 없이 혼자 병원에 온 것 같았다.

놀라운 것은 정숙이 눈을 뜨고 나와 대화를 나누고 있음에도 불구하고 마치 어떤 장면을 눈으로 보는 듯이 말했다는 점이다. 이 지점에서 은유스토리텔링 참가자들은 내면의 어떤 영상들을 보기 시작한다. 그들은 눈을 뜨고 있지만 시선은 내면으로 향해 있다. 선정에 들어가 있을 때나 최면 상태에서 육신의 눈은 뜨고 있지만 외부 사물은 아무것도 보지 않고 내면의 어떤 영상을 보는 것처럼, 그들은 자신의 육체적 눈을 사용하지 않고 마음의 눈을 사용한다.

그는 상황을 마주하고 있는 것처럼 말했다.

"할머니가 치료를 받으러 온 것 같은데 저러다 그냥 갈지도 모르겠어요."

그리고 걱정스러운 듯 덧붙였다.

"할머니를 도와드리고 싶은데…… 저런! 안내데스크를 지나 길을 잃고 헤매고 있어요."

내가 말했다.

"손을 잡아드리세요."

정숙은 용기를 내어 할머니 손을 잡았다.

"할머니 손을 잡았더니 할머니도 제 손을 꽉 잡네요. 안아드리고 싶어요. 연민의 정이 깊게 느껴져요."

갑자기 장면이 바뀌어 체구가 크고 듬직한 의사가 보였다. 할머니는 의사 앞에 앉아 있었다. 그런데 할머니의 얼굴이 매우 익숙했다. 바로 정숙 자신의 얼굴이었다.

이때부터 할머니는 어디론가 사라지고 정숙이 직접 은유이야기 속에 등장했다. 가끔 꿈속에서 다른 사람이 자기가 되는 일이 있는 것처럼 은유스토리텔링에서도 자신과 다른 사람 사이의 구별이 사라지는 일이 일어나곤 한다.

정숙은 무슨 말을 했는지 알 수 없지만 의사와 한참 동안 대화를 나눈 것 같았다. 의사가 친절하게 말해주었고 그 환한 모습에 정숙의 얼굴이 밝아졌다. 두 사람은 서로 마주보고 웃기도 하면서 즐겁게 이야기를 나누었다. 상상 속 장면이지만 정숙은 흥분한 듯했다.

무슨 용건으로 병원에 갔는지 알 수 없었지만 이야기가 끝나면 나을 것만 같았다. 병원을 나설 때 정숙에게서는, 자동회전문에서 어찌할 바 모르고 병원 로비에서 어디로 갈지 몰라 우왕좌왕하던 할머니 모습은 사라지고 없었다. 정숙의 얼굴은 밝고 환했다.

정숙은 이야기를 끝내며 꿈에서 깨어난 것처럼 믿을 수 없다는 표정을 지었다.

프로이트의 자동연상 기법처럼 은유스토리텔링에서도 무의식의 내용이 자동으로 펼쳐지는 경우가 있다. 그토록 조심스러웠던 정숙을 흥분하게 한 것이 무엇이었을까? 오랫동안 억눌려왔던 것들이 은유 덕분에 의식의 표면에 떠오른 것이리라. 그래서 가상의 의사 앞에서 그동안 마음에 쌓아두었던 것을 다 털어놓은 것 아닐까.

놀라운 건, 이 일이 일어나는 데 많은 시간이 걸리지 않았다는 사실이다. 이야기 속에서 정숙은 의사와 오랜 시간 이야기를 나눈 것으로 되어 있지만 현실세계에서 정숙이 나와 대화를 나눈 시간은 단 몇 분에 지나지 않는다.

심지어 정숙은 의사와 나눈 대화의 내용도 기억하지 못했다. 하지만 의사와 오랜만에 마음을 터놓고 대화를 나누었다고 말했으며 상당히 긴 시간 동안 이야기한 것 같은 표정을 지었다. 짧은 순간의 경험만으로도 무의식에 억압되었던 것들을 모두 털어놓고 이야기한 것 같았다. 정숙은 무언가 깊이 회복된 듯했다.

은유스토리텔링이 끝난 다음, 그는 나와 다른 참가자들에게 자신과 가족에 대한 이야기를 숨김없이 들려주었다. 그동안 함께 절에 다니던 도반들에게도 자기 이야기 하는 것을 꺼렸던 정숙인데, 이 작은 체험을 하고 난 뒤 자기 이야기를 남들 앞에서 서슴없이 하기 시작했다.

정숙은 대학을 졸업하고 한참 뒤에 결혼을 했다. 당시로서는 늦은 결혼이었다. 강한 남자가 좋다고 생각해서 그런 사람을 남편으로 선택했는데, 친정아버지도 성격이 강한 분이었다. 강한 아버지 때문에 결혼 전에 많이 힘들었지만 자기도 모르게 결혼 상대로 강한 사람을 골랐다.

결혼 후에 정숙은 남편의 강한 성격에 눌려 기죽어 지냈다. 남편을 따르는 것이 잘 사는 길이라고 믿었기 때문에 모든 것을 남편 뜻대로 했다. 남편의 뜻에 따라 명절에도 친정은 뒷전이고 시댁에만 갔다. 둘째 며느리지만 모든 것을 시댁 식구 중심으로 생각했고 시부모도 헌신적으로 섬겼다. 삼십 년 넘게 결혼생활을 하면서 남편의 뜻을 거스른 적이 한 번도 없었는데, 단 한 번 남편 뜻을 어겼다. 바로 불교를 믿은 것이다.

그렇지만 삼십 년이 넘도록 남편에게 자기 이야기를 해본 적은 없었다. 다른 사람에게도 자기 이야기를 해본 적이 없었는데, 자기 이야기를 하는 것이 두렵고 겁이 났기 때문이다. 남들에게는 늘 번듯한 모습을 보이고 싶었다. 하지만 마음 한구석에는 그것을 깨고 싶다는 욕구가 있었다.

정숙의 이야기에서 아버지와 딸, 남편과 아내, 의사와 환자의 관계는 강한 남성과 약한 여성이라는 동일한 관계의 패턴을 보여준다. 그런데 아버지와 딸의 관계나 남편과 아내의 관계는 억압적인 남성과 순종적인 여성이라는 구조를 보여주고 있다. 정숙은 아버지와의 관계에서 형성된 패턴을 남편과의 관계에서도 바꾸지 못하고 행복하지 않은 결혼생활을 하고 있었다. 이처럼 습관에는 일정한 패턴이 있다. 한 사람이 다른 사람과 맺는 관계가 일정한 패턴을 따르기 때문에 새로운 관계에서도 같은 패턴이 반복된다.

자동회전문 은유에서도 동일한 패턴이 반복되고 있다. 그런데 바뀐 은유에서는 저금통장 은유에서와는 달리 참가자의 내면에 감춰져 있던 욕망이 그대로 드러나 있었다. 정숙이 진정으로 원한 남성은 강하면서도 자신을 보호해주는 남성이다. 자동회전문 은유에 나오는 의사가 바로 정숙이 원하는 이상적인 남성상이었다. 또 늙고 남루한 할머니는 잔고가 0원인 저금통장과 마찬가지로 내면이 공허한 존재, 보살핌을 받아야 하는 정숙 자신의 모습이었다.

저금통장 은유에서 자동회전문 은유로 바뀌면서 참가자가 남성과 맺는 관계의 패턴에 약간의 변화가 생겼다. 길을 잃은 할머니의 손을 잡아줌으로써 참가자는 내면의 목소리에 귀를 기울이게 되었다. 정숙은 의사에게 자기 이야기를 하고 그의 보살핌을 받았다. 은유 차원이지만 억압적인 남성이 따뜻하고 자상한 남성으로 전환되었다.

어떻게 이런 변화가 발생했을까? 첫째, 정숙에게 할머니의 손을 잡아드리라고 했던 나의 지시가 패턴화되었던 정숙의 태도를 바꾸어 다른 방향으로 움직이게 했을 수 있다. 낯선 할머니는 정숙 자신을 은유한다. 따라서 정숙은 자기 자신의 손을 잡아준 것이다. 단지 은유로 이야기를 하는 상상적 과정 안에서 일어난 작은 변화가 은유의 전환을 가져온 요인으로 작용했다. 둘째, 정숙이 은유를 통해 자신의 욕망을 그대로 표현한 사건이 그 은유를 전환시킨 힘으로 작용한 것 같다. 욕망의 발화가 사태의 변화를 가져오는 사례들은 정신분석의 경우에도 보이는데, 발화 행위 그 자체가 지금까지 은폐된 마음을 전환시키는 요소로 작용한다.

정숙은 처음에 은유로 이야기를 시작했으나 나중에는 있는 그대로 자기 이야기를 했다. '은유와 마음' 프로그램이 끝날 즈음 정숙이 들려준 바에 따르면, 첫 만남에서는 움츠러든 자기 모습을 남들에게 보여주는 것 같아 꺼림칙했는데, 자신에게만 문제가 있는 것이 아니라 모든 사람에게 나름의 문제가 있다는 사실을 알고 나서부터는 마음이 홀가분해졌다고 한다. 그는 더 이상 남들에게 인정받는 것에 연연하지 않고 자신이 하고 싶은 이야기를 했으며, 그 결과 이전에 경험하지 못했던 자유와 충만감을 느꼈다고 한다.

그 후 남편과의 관계에도 약간의 변화가 생겼다. '은유와 마음' 중급 프로그램에 참여하려고 집을 나설 때마다 남편이 어디 가느냐고 궁금해하기 시작한 것이다. 그동안 남편과의 관계에서 일방적으로 남편 뜻을 따르던 패턴에서 벗어나 작지만 자신만의 공간을 갖게 된 정숙. 그는 앞으로 자기를 위한 여행을 하고 싶다고 했다.

몇 달이 흐른 뒤 정숙이 나를 찾아왔다. 여전히 가족을 소중하게 생각하지만, 감사하다는 인사를 하는 그의 표정은 무척 밝았다.

우리가 특별하다고 믿고 있는 '나'는 사실 습관과 관계의 패턴에 지나지 않는다. 그 패턴을 이해하고 바꾸면 '나'를 바꿀 수 있다. 은유는 무의식 차원에서 그 패턴을 변화시켜 실제 행동에서의 변화를 유도한다.

멈춰버린 시계

한 워커홀릭의 이야기

깊은 무기력 때문에 '은유와 마음' 프로그램에 참여한 분이 있었다. 마음에 쌓인 것이 많은데 둘러말할 수 있을 것 같아서 찾아왔다는 그는 워커홀릭이었다. 가족의 생계를 책임져야만 했던 그는 이십여 년 동안 밤낮으로 일을 했다. 휴일에도 명절에도 쉬지 않았고, 남들이 놀 때도 남들이 잘 때도 내가 아니면 안 된다는 의무감으로 꾸역꾸역 일을 했다.

그러던 어느 날 갑자기 배터리가 방전된 것처럼 모든 에너지가 빠져나가 아무것도 할 수 없는 상태가 찾아왔다. 하는 수 없이 하던 일을 그만두었다. 아무 일도 하지 못하며 한 해 두 해가 흘렀다.

상실감, 분노, 외로움, 슬픔이 우울증과 불안증으로 심화되어 정신과로, 상담센터로 찾아다니며 온갖 약물치료와 심리치료를 받았지만 끝내 협심증까지 발병하여 일상생활이 불가능한 상태가 되어버렸다. 형언할 수 없는 통증 때문에 내일이 오지 않기를, 차라리 영원히 눈 뜨지 않기를 얼마나 바랐는지 모른다.

시간이 흐르면서 '남들은 다 앞을 향해 나아가는데 나만 멈춰 선 것이 아닐까? 아니, 나는 뒤로 가고 있는 게 아닐까?' 하는 불안과 초조 때문에 더욱 힘들고 어려운 상황이 계속되었다.

그는 자신을 느티나무와 시계로 표현했다.

나는 언덕 위에 홀로 서 있는 나무다.
내 이름은 '오래된 나무'
사람들은 나를 느티나무라고 부른다.
사람들은 나를 보고 멋있다 하고
내 그늘 밑에 들어와 쉬기를 좋아한다.
그런데 사실 나는 속 빈 나무다.
언제 쓰러질지 모르는
그리고 외로운 나무다.
푸른 잔디와
저만치 흐르는 냇물을 바라보며
나는 혼자 서 있다.

"저는 사람들 눈에 잘 띄는 언덕 위에 홀로 서 있어요. 사람들은 내 모습이 근사하다고 좋아하지만 필요할 때만 왔다가 금방 떠나버립니다. 그들에게 고마운 마음이 들다가도 필요할 때만 온다는 생각이 들면 정말 외로워요."

"저는 거대하고 멋진 나무지만 속은 텅 비어 있어요. 사람들은 나에게 가까이 올 수 있지만 저는 그들에게 다가갈 수 없습니다. 나는 잠깐 왔다가 떠나가는 뜨내기가 아니라 소소한 일상사를 함께하고 이야기를 나눌 사람이 필요해요. 정말이지 누군가 와주면 좋겠어요."

두 번째 은유는 시계였다.

시계는 쉬지 않고 갑니다.
비가 오나 눈이 오나
추우나 더우나
누가 봐주든 말든
꾸역꾸역 제 길을 갑니다.
늘 똑같은 길을 맴도는 것처럼 보이지만
실은 언제나 새로운 길을 가는 것입니다.
왜냐하면 시계는 시간을 따라 가는 것이고
시간은 쉼 없이 흐르니까요.
가끔은 시계도 멈출 때가 있습니다.
배터리가 나갔을 때지요.
그러나 새 배터리를 끼워 넣으면

예전보다 훨씬 더 힘찬 소리를 내며 움직입니다.

수십 번의 봄과 겨울,

수십 번의 기쁨과 슬픔이 있어도

꾸역꾸역 걸어가는 내 모습이 마치 시계와 같습니다.

"저는 20년이나 쳇바퀴를 돌며 하루도 쉬지 않고 열심히 일했어요. 가족에 대한 책임감 때문에 남들이 놀 때, 남들이 잠을 잘 때, 부지런히 일했습니다. 멈추고 싶다는 생각을 하지 않은 것이 아니지만 쉬면 어떻게 될지 불안해서 휴일에도 명절에도 쉬지 못했어요. 그런데 3년 전부터 멈춰 서버렸어요. 배터리가 방전되어 가고 싶어도 갈 수 없습니다. 잠만 자요. 남들은 쉬지 않고 앞으로 가는데 나만 혼자 멈춰 있으니까 뒤처지는 것 같아서 걱정이에요. 예전에는 일에서 즐거움을 찾았는데 요즘은 일을 하지 않아서 즐거움도 없어요. 놀아본 적도 없고, 같이 노는 친구도 없고, 노는 방법도 몰라서 외롭고 심심합니다."

그는 자신의 현재 상태를 멈춰버린 시계라고 표현했다.

"예, 그렇군요. 멈춰 선 시계를 어떻게 하면 다시 가게 할 수 있을까요?"

"충전이 필요해요."

"어떻게 하면 충전을 할 수 있죠?"

그는 여러 가지 곰곰이 생각하더니 대답했다.

"잘 먹고 예전부터 잘해온 것을 발견하면 충전이 되지만, 무엇보다 혼자가 아니라는 것을 느낄 때, 그리고 나를 필요로 하는 사람이 많다고 생각될 때 훨씬 빨리 충전이 돼요."

어서 정상 상태로 돌아가고 싶다는 바람을 밝히는 그에게 나는 다음 말을 건네며 그날 상담을 끝냈다.

"하지만 시계는 멈춰 있어도 하루에 두 번 시간을 맞힙니다. 그러니까 두 번은 살아 있는 거지요."

두 번째 만남에서 그는 일주일 사이에 일어난 변화를 들려주었다. 지난번 상담 때 했던 나의 마지막 말이 그의 정신을 깨운 것이다.

"지난 시간에 말씀하신, 가만히 멈춰 있어도 하루에 두 번은 일한다는 말씀이 저한테 굉장한, 아주, 한 대 맞는 기분이었어요. 개안을 하는."

은유를 통해 본 그의 내면은 완전히 고갈되어 있었다. 수년째 공허와 무기력에서 벗어나지 못하고 있었다. 그는 예전처럼 일하고 싶다고 했다. 충전하려면 먹을 것과 새로운 것이 필요하며, 예전부터 잘해온 것을 발견할 때도 충전이 된다고 했다. 무엇보다 혼자가 아니라고 느낄 때 가장 잘 충전된다고 하면서 자신을 필요로 하는 사람을 만나 빨리 충전해서 예전의 씩씩한 상태로 되돌아가고 싶지만 마음대로 잘되지 않는다고 하소연했다. 나는 두 가지 방향에서 그의 문제에 접근했다. 먼저 멈춤을 새로운 관점에서 보도록 했고, 다음으로 움직임과 멈춤이 둘이 아님을 이해하도록 격려했다.

그전까지 그는 무력하고 우울한 상태를 벗어나는 것만 바라고 해결 방법을 구했는데, 내 이야기를 듣고 멈춤이 어쩌면 충전을 위한 휴식일 수도 있겠다는 데 생각이 미치게 되었다. 지금까지 그는 '멈춤'을 '문제'라고 보았기 때문에 현재 상태를 완전히 쓸모없고 무기력한 우울 상태로 간주했다.

A를 A로 확정하는 인식은 A가 A가 아닌 것이 될 수 있는 가능성을 막는다. 만약 "A는 A일 뿐 아니라 A가 아닌 것이다."라는 사실을 받아들인다면, 병은 고착된 것이 아니라 자신에게 필요한 또 다른 것들을 받아들이는 과정으로 이해될 것이다. "멈춰 선 시계가 하루에 두 번 시간을 맞힌다."는 역설이 효과적이었던 것도 바로 그 역설이 우리 삶의 실제 모습이기 때문이다.

멈춘 시계는 망가진 시계가 아니라 하루에 두 번 시간을 맞히는 시계라는 이야기를 듣고 자기의 시계는 고장 난 게 아니라 잠깐 쉬고 있다는 생각으로 전환한 것은 참가자 스스로 얻은 깨달음이다. 그리고 스스로 깨달았다는 자신감은 이 전환을 만족스럽게 받아들이고 확대해나가는 원동력이 되었다.

관점을 바꾸어 '멈춤'을 '휴식'으로 바라보게 되자 그는 자신의 현재 상태를 문제가 아니라 삶의 자연스러운 과정으로 받아들일 수 있었다. 뿐만 아니라 더 이상 예전 상태로 돌아가는 것을 목표로 삼지 않고 지금 이 휴식 시간을 어떻게 꾸려갈지 궁리하게 되었다.

되돌아보니 지금까지 놀아본 적이 없었기 때문에 놀 줄도 몰랐고, 함께 놀 친구도 없었다. 그래서 더 외롭고 심심했다. 그는 함께 쉬고 놀 수 있는 친구를 만들어야겠다고 결심하고는 더 이상 잃어버린 세계를 생각하지 않고 새로운 관계와 세계를 만들어볼 용기를 얻게 되었다.

그 후 우리는 '움직이는 것'과 '움직이지 않는 것'에 대한 또 다른 은유를 찾아내고 그에게 필요한 새로운 세계가 어떤 모습일지 함께 탐색했다. 그와 함께 움직이는 다른 물건을 찾아보았다. 시간, 물, 인생, 관계…… 찾아보니 책상이나 건물처럼 멈춰 있는 것보다 움직이는 것이 더 많았다.

"지구가 움직이므로 지구상의 모든 것이 움직인답니다. 우주 전체가 움직이고 있으니까 멈춰 있는 것은 하나도 없네요."

움직이지 않는 것도 사실은 움직이고 있다는 것을 알려주었으나 그는 실제로 움직이기를 원했다.

"그럼, 시계 말고 계속 움직이는 것에는 또 무엇이 있을까요?"

"아무것도 떠오르지 않아요."

"자, 그럼 다시 움직이는 것을 생각해보세요. 머릿속에 떠오르는 대로 말씀하세요. 뭐가 또 움직이고 있나요?"

그때 문득 그에게 떠오르는 것이 있었다.

"강물이 보여요. 찰랑찰랑 흘러가는 모습이 보여요."

"아, 그래요. 그럼 이제 강물을 생각해보세요."

그는 나중에 당시의 심정을 담은 글을 보내왔다.

그 당시에 저는 일주일에 3~4회 정도는 한강변을 걷고 있었어요. 한강변을 걸으면서 강물을 바라보고, 또 걷다가 벤치에 앉아서 명상을 하고 그러면서 또 강물을 들여다보고, 다시 강물 위에 떠 있는 하늘을 바라보았어요. 이게 저한텐 굉장히 중요한 어떤 일이었어요.

은유가 시계에서 강물로 전환되면서 스토리텔링이 급진전된 것 같아요. 시계로 봤을 때는 뭔가 모르게 이야기가 잘 안 풀렸거든요. 근데 일단 강물로 전환된 다음부터는 이야기가 이야기를 낳는다는 말처럼 이야기가 술술 흘러나오면서 제 마음이 그대로 드러나는, 그러면서 속에서 뭔가가 작동하고 있는 그런 느낌을 많이 받았어요.

세 번째 만남에서 은유의 전환이 **일어났다. 이번에 그는 쉬지 않고 움직이는 강이 되었다.**

강은 바다를 향해 가고 있다. 강가에서는 높은 건물과 나무, 자동차, 걷고 있는 사람들, 하늘, 구름이 보인다. 모두 움직이고 있다. 강물도 움직이고 있다. 그런데 강가에서 움직이는 것을 보려면 강물과 속도가 달라야 한다. 속도가 같으면 움직임을 볼 수 없기 때문이다. 더 자세히 살펴보면 강물보다 빨리 움직이는 것도 느리게 움직이는 것도 모두 사라진다. 강은 사라지는 것들을 묵묵히 바라보았다.

나는 강물입니다. 천천히 흐르고 있습니다.

내 눈 가득 하늘이 보입니다.

푸르고 맑고 어여쁜 하늘입니다.

해가 지면 저 하늘엔

별이 총총 박힐 것입니다.

고개를 돌리니 늘어선 집들이 보입니다.

아파트가 아니었으면 더 좋았겠지만,

뭐 그래도 괜찮습니다. 사람 사는 곳이니까요.

차들이 달립니다. 어디를 향해 저렇게들 서둘러 가는 걸까요.

나도 한때는 저렇게 서둘러서 앞만 보고 달렸지요.

"빠른 속력으로 달리는 자동차도 보였어요. 나도 한때 한눈팔지 않고 앞만 보고 달렸는데……. 운전대를 놓고 나니까 예전에 보지 못한 것이 보이기 시작했어요. 걷는 사람, 뛰는 사람, 운동하는 사람, 모두 뭔가 하고 있습니다. 나는 조용히 흘러갑니다. 한밤이 오면 강변은 조용해지고 나는 변함없이 흐릅니다."

그 다음주, 그는 '주변의 움직이는 것들을 관찰하라'는 숙제를 근사하게 해왔다.

모든 것이 고요하고 평화롭다. 그런데 가끔 풍랑이 일면 강바닥에서 뭔가 올라온다. 그럴 때면 너무 힘들다. 그것을 볼 용기가 나지 않았지만 이젠 직시해야겠다. 홍수가 오면 상류에서 떠밀려오는 쓰레기 때문에 힘들고 아프겠지만 그동안 생긴 맷집 덕분에 잘 견딜 수 있을 것 같다.

나는 그에게 강물을 흐르게 하는 힘이 무엇인지 물었다. 놀랍게도 그는 "내면의 에너지"라고 했다. 그래서 그에게 홍수에 떠밀려 가는 강물을 주시하도록 했다.

"강물은 계속 흘러가고 있어요. 속력을 내기 시작하면 강변의 사물들이 뒤로 처지고 빨리 갈 때는 마구 쓸려가느라 아무것도 눈에 들어오지 않아요."

다음으로 나는 주변을 보지 말고 강물 자체를 바라보도록 하였다.

"빠르게 흘러가는 표면 아래에 예전과 같은 속도를 유지하며 변함없이 흘러가는 흐름이 보이네요. 전체로서의 강에는 흐름이 없어요. 그런데 부분으로 잘라서 보면 따로따로 움직이는 것을 볼 수 있어요. 하나였던 강이 여러 개로 쪼개져서 불안해요."

나는 그에게 같은 강이니까 쪼개져도 바다에 가면 다시 만난다고 위로하고 다시 강 내부를 바라보도록 하였다.

"강물 표면에는 상류에서 떠내려 온 것들이 떠다니지만 강 속에는 원래부터 강에 살던 물고기와 물풀, 플랑크톤이 그대로 있어요. 강은 모든 것을 품고 있어요. 그런데 표면이 너무 빨리 흘러가면 순간적으로 관리를 못하는 게 아닌가 하는 생각이 들어 불안해요."

"강이 어디에 있습니까?"

"원래 있던 자리에 있어요."

"안을 보면 어떤가요?"

"밖에서 볼 때와 달라요. 고요해요."

"어디서 보니 안입니까?"

"표면에서 봤을 때 안이죠."

"안에서 안을 보면 어떻습니까?"

"안이 표면이 되고 또 다시 안이 보입니다. 그런데 불안하지 않아요."

"왜 불안하지 않죠?"

그가 말했다.

"알고 나니까 불안하지 않아요. 표면이 쓸데없는 걱정을 했네요."

다음 모임에 그가 써온 이야기는 다음과 같다.

> 강물은 수면과 수면 아래, 밑바닥의 흐름이 다 다르다. 수많은 다름이 모여서 거대한 강이 된다. 크게 보면 하나지만 작게 보면 서로 다르다. 모이면 다시 하나의 강이 된다. 강 아래의 고요함은 표면의 흔들림 때문에 가능하다. 누가 빠르고 누가 늦다고 할 것이 없다. 차이는 있기 마련이지만 다르다고 하여 어긋나는 것은 아니다. 크게 보면 모두 하나의 강물이니까. 아래쪽이 그런 것에는 나름 이유가 있으므로 위가 가만히 지켜본다.

'무상無常'을 '허무'로 보던 그의 생각도 달라졌다. 무상은 변화를 말하며, 덧없음이 아니라 그 정반대라는 사실을 알게 되었으며, 외로움의 씨앗에 물을 주어 느티나무를 거대하게 자라게 한 사람이 바로 자신이라는 사실도 인정했다. 그는 이제 속이 그득한 강이다. 어느 것에도 사로잡히지 않고 있는 그대로 지켜볼 수 있는 강이 되었다. 창밖에 내리는 빗줄기를 바라보며 그가 말했다.

"비가 와요. 강은 비를 머금고 바다로 갑니다. 아무리 비가 많이 와도 바다보다 많지 않아요. 그러니 걱정할 것 없답니다. 곧 꽃을 피우고 꽃에 둘러싸여 나무도 행복해질 테니까요."

은유는 마음의 전체성을 회복하려는 무의식적 노력의 하나이다. 은유는 은폐되고 왜곡된 것을 보여줌으로써 자연스럽게 마음의 전체성과 에너지를 회복시킨다. 느티나무와 시계를 통하여 그는 무의식 속에 억압된 절박한 목소리를 표현했다. 그리고 강의 은유를 통하여 그는 현상적인 분열에도 불구하고 내면에 존재하는 마음의 통일체를 보았다. 표면과 심연이 모두 하나의 강이며 고요함과 움직임이 강의 진실한 모습이라는 사실을 경험함으로써 그는 마음의 전체성을 회복하고 밝고 건강한 일상의 삶으로 돌아갔다. 일도 다시 시작하고 가족과 모여 살게 되었다.

7개월 후 다시 그를 만나 은유스토리텔링을 했다. 나무 이야기를 썼는데, 쓰고 보니 예전에 썼던 바로 그 느티나무였다. 장소도 그대로 언덕 위였다. 하지만 언덕 위의 느티나무는 예전의 그 느티나무가 아니었다.

그때도 은유의 전환이 발생했다. 처음에는 언덕에 홀로 선 속이 텅 빈 외로운 느티나무였지만, 이번에는 언덕 위에 홀로 있지만 속이 그득한 미소 짓는 느티나무로 바뀌었다.

그가 말했다.

"예전에는 속이 텅 비어 언제나 뻥 뚫려 있는 기분이었어요. 그런데 지금은 그렇지 않아요. 속이 꽉 찬 나무예요."

나무는 행복했다. 많은 사람들이 그를 찾아와 그늘 아래에서 놀다가 돌아간다. 그들이 떠나도 이젠 섭섭하지 않다. 밤이 되면 홀로 남아 휴식을 즐긴다. 방해받지 않고 잠을 푹 자려고 안내판을 세워두었다.

"오늘은 늦었으니 내일 오세요."

바다로 돌아간 거북이

영주의 이야기

현대인은 과거와 달리 매일매일 변화하는 수많은 경험에 노출되어 있다. 하지만 그 경험들이 낱낱이 분리된 채 일관적인 의미를 제공하지 못한다면 사람들은 엄청난 혼란과 정신적인 문제를 경험하게 될 것이다. 그러다 어느 순간 삶의 의미를 부정하거나 심한 박탈감을 느끼게 된다. 분리된 마음 상태로는 어떤 일에도 집중하지 못하는 것은 물론이고 정상적인 삶을 사는 것도 불가능하다. 정신분열증이 아닌 마음의 분열, 마음의 파편화만으로 이런 결과에 이른다는 사실을 생각해보면, 마음의 통합이 얼마나 중요한지 이해할 수 있다.

부분으로 쪼개진 마음, 산란한 마음을 불교에서는 번뇌라고 부른다. 따라서 번뇌를 없애고 깨달음을 얻으려면 부분으로 나뉜 마음을 하나로 통합하지 않으면 안 된다. 자신의 견해에 사로잡혀 다른 사람의 입장을 무시하는 사람은 단편적이고 부분적인 마음, 즉 편견을 가진 사람이다. 그들은 타인에게 상처를 주는 것은 물론이고 자신의 문제조차 해결하지 못해 고통을 받는다. 이렇게 산란하고 혼란스러운 마음을 안정시키고 부분적인 견해로부터 마음을 해방시키기 위하여 무엇보다 필요한 것은 자신의 경험을 전체적으로 바라볼 수 있는 통합적인 시각이다.

통합적 인식을 얻기 위해서는 어떻게 해야 할까? 먼저 자신의 입장에서 한 발짝 물러나 문제를 바라보고, 다음으로 타인의 입장에서 문제를 바라보아야 한다. 이처럼 동시에 서로 다른 관점에서 사태를 보면 사태의 새로운 측면을 보게 될 뿐 아니라 그전에 본 것이 부분에 불과했다는 사실 또한 자각하게 된다. 그 결과, 은폐되었던 다른 측면과 타인의 관점을 수용하고, 사태의 전체성에 대한 인식, 다시 말해 통합적 인식에 도달하게 된다.

통합적 인식은 부분들의 합 이상의 것이다. 그것은 여러 가지 견해들을 종합한 것과는 완전히 다른 인식이다. 기차의 발명 덕에, 그전까지 자신이 살고 있는 고장을 고립된 점으로 인식했던 인간의 세계 인식이 파노라마와 같은 연속성을 갖는 전체와 그것의 부분이라는 인식으로 전환된 것처럼, 통합적 인식은 이전의 인식과 질적으로 전혀 다른 인식을 가져다준다.

앎이 부분으로 나뉘어 있으면 번뇌에 불과하지만, 통합되면 그것은 '깨달음' 또는 '지혜'가 된다. 그러므로 부분을 하나로 통합하는 것은 학문이나 과학뿐 아니라 마음의 문제에서도 혁신적인 전환을 불러온다.

제주 출신인 영주는 자신의 은유로 목각 거북이를 가져왔다. 영주는 그 거북이를 여행지에서 샀는데, 평소 관광지에서 물건을 잘 사지 않는 그에게는 아주 특별한 일이었다. 그는 거북이가 행동이 굼뜬 것도, 특별히 잘하는 게 없는 것도, 악착같은 마음이 없는 것도 마음에 들었지만, 특히 주변 상황을 있는 그대로 관찰하면서 천천히 여유 있게 움직이는 모습이 자신과 닮았다고 생각했다. 연약하면서도 단단한 거북이 등껍질도 좋았다.

그는 예전에 여러 가지 어려운 일도 겪었고 외로운 적도 많았지만, 이제는 좋은 친구를 만나 만족스럽고 행복한 삶을 살고 있었으며 주변 사람들과도 좋은 관계를 유지하고 있었다.

그의 거북이는 뭍에서 바다를 향해 가고 있었다. 뭍에서는 따가운 태양과 모래바람을 맞으며 기어 다니느라 힘들었지만 바다에 들어가면 상쾌하고 자유로웠다. 가만있어도 몸이 붕붕 뜨고 편안하게 헤엄칠 수 있었다. 주변에 다른 물고기들도 떠다니고 멋진 산호와 아름다운 해초를 감상할 수 있어 행복했다.

뭍에 있을 때는 빠르게 오고가는 동물들이 급하고 정신없어 보였지만, 바닷속 물고기들은 유유자적 움직이기 때문에 거북이와 달리 빠르게 헤엄치는 물고기를 보아도 '그냥 다르구나.' 하고 생각할 뿐 특별히 불편한 느낌이 들지는 않았다.

하지만 바다에 계속 있을 수가 없었다. 바다가 좋긴 하지만 햇볕도 쬐고 알도 낳아야 하기 때문에 뭍으로 돌아가야만 했다. 돌아가면 육지 친구들을 바다로 데리고 와서 헤엄도 가르쳐주고 즐겁게 놀고 싶다고 했다. 이렇게 바다와 육지를 오가는 그의 거북이에게는 특별한 문제가 없어 보였다.

몇 차례 만남 이후 뒤늦게 새로운 사실이 발견되었다. 어느 날 영주는 거북이에게 상처가 있다고 고백했다. 그래서 아무리 사람들이 거북이를 좋아하고 편안하게 생각해도 거북이는 마음 한구석에서 사람들을 경계하고 있었다. 영주는 주변 사람들을 도와주려는 마음에서 한 일들이 오히려 자기 문제가 되어 힘들어진 적이 있었다. 사람들이 자기 도움을 무시한다는 느낌을 받았기 때문이다. 이렇게 사람들에게 무시받는 듯한 느낌을 이야기할 때, 불현듯 기억 속에서 어린 시절의 일이 떠올랐다.

영주의 부모님은 영주가 다섯 살 때 제주를 떠나 서울로 이사했다. 돈을 벌어 자식들을 잘 가르치기 위해 내린 결단이었지만, 아이들을 모두 데리고 갈 만한 형편이 아니었다. 훗날 형편 되는 대로 데리고 올 요량으로 아직 학교에 들어가지 않은 어린 자식 둘을 제주에 남겨두었다. 영주가 그중 하나였다. 외할아버지와 외할머니가 아이들을 맡아 사랑으로 길렀지만 부모와 떨어진 아이들은 조그만 일에도 기가 죽고 상처를 받았다.

부모 형제와 헤어졌을 때, 아직 어린 영주는 그렇게 된 이유를 이해하지 못했다. 그래서 자신에게 문제가 있어 부모가 자신을 버렸다고 생각했다. 그런 마음 때문에 부모를 원망하기도 했고, 가끔 엄마가 찾아와도 서먹서먹해서 선뜻 다가가지 못했다. 늘 소극적인 그는 자신을 무시하는 친구들과도 쉽게 친해지지 못했다. 자신에게 의지하는 어린 동생과 달리 의지할 데 없는 영주는 사무친 외로움을 느꼈다.

열 살 때 부모님 형편이 나아져서 영주와 그의 동생은 서울로 갔다. 부모 형제를 다시 만나 행복했지만, 이번에는 외할아버지와 외할머니를 떠나는 슬픔을 맛보아야만 했다. 부모님과 함께 살게 된 후로 언니를 만나 좋았지만 그것도 잠시뿐, 언니의 결혼으로 다시 헤어져야 했다. 부모님의 남다른 교육열 때문에 그는 공부를 매진하지 않으면 안 되었고, 그렇게 사는 데 급급한 채 세월이 흐르고 제주의 일들도 잊혀졌다.

어른이 된 후, 자기를 두고 서울로 간 부모님의 상황을 이해했지만, 어린 시절 느꼈던 사람에 대한 두려움과 다시 버려지지 않을까 하는 불안은 무의식 저편에 그대로 남아 있었다. 그리고 무의식 깊이 각인된 두려움과 불안이 타인과의 관계에서 계속 영향력을 행사하고 있었다.

어느 한곳에 정착하지 못하고 육지와 바다를 방황하는 거북이는, 어린 시절 조각난 경험들을 통합하고자 하는 그의 내면을 보여주고 있었다. 거북이 은유를 통해 잊어버린 기억이 의식으로 떠오름에 따라, 연결 지점을 잃어버렸던 두 가지 생각이 곧바로 통합되었다. 부모님이 자신을 버리지 않았다는 생각과 어린 시절의 이별 경험이 연결되자 자기 문제에 대한 즉각적인 통찰이 이루어졌다. 두려움과 불안도 씻은 듯이 사라졌으며, 동시에 최근까지 자신을 괴롭혔던 문제들의 원인이 바로 그것임을 이해할 수 있었다.

영주는 더 이상 고통받을 이유가 없다는 사실을 자각했으며, 스스로 편안하면 주변 사람들도 편안해질 거라는 해결 방법도 찾아냈다. 처음 만났을 때에도 그는 상당히 편안하고 긍정적인 상태였지만, 상담 후 그는 이전까지 자신을 정확하게 알지 못했던 것 같다고 고백했다. 이제는 그냥 편안하다며 웃어 보였다.

은유는 서로 다른 시각을 연결하여 통합적인 인식을 얻는 데 탁월한 힘을 발휘한다. 은유는 무의식에 방치되어 있는 기억들을 불러와서 그 인식이 은폐하고 있는 부분들을 보여주는 동시에 타인의 관점에서 사물을 이해하도록 함으로써 사물에 대한 통합적인 인식을 얻게 해준다. 오랫동안 고통받던 문제의 원인에 대한 통찰은 곧 혁신적인 해결책을 낳는 지혜이다.

"엄마처럼 살지 마"

세 전업주부의 이야기

"아이들이 당신의 말을 듣지 않는다고 걱정하지 말라.
아이들이 항상 당신을 지켜보고 있다는 사실을 걱정하라."
- 로버트 풀검

한국 여성들은 자식을 위한 일이라면 무엇이든 마다하지 않는다. 아이들만 행복해질 수 있다면 자신의 불행쯤이야 아무 상관없다고 생각한다. 그래서 자신의 행복을 뒤로 미루면서까지 자녀의 행복을 위해 헌신한다. 아이들 뒷바라지를 하는 건 물론이고, 사교육비 마련을 위해 아르바이트를 하거나 남편을 기러기 아빠로 떼어두고 외국으로 자녀들을 데리고 갈 만큼 열성적이다. 그 결과 자녀들에게 바라는 것이 한 가지 추가된다. "엄마처럼 살지 마."

자기처럼 살지 말라는 엄마의 말을 들을 때 아이들은 무슨 생각을 할까? 자식들은 불행한 부모를 지켜보면서 연민을 느낄지는 몰라도 행복을 느끼지는 않을 것이다. 자신의 삶조차 책임지지 못하는 부모에 대한 존경과 신뢰를 잃는 것은 물론이고, 부모의 말을 부담스럽고 귀찮게 여길지도 모른다. 부모를 이해하고 부모 대신 행복하게 살겠다고 결심하는 아이는 많지 않을 것이다.

행복하지 못한 부모로부터 아이들은 무엇을 배울 수 있을까? 아이들은 부모의 말을 듣고 배우기보다 부모의 행동을 보고 배운다. 지나간 삶을 후회하며 현실에 만족하지 못하는 부모 밑에서 행복한 자녀가 나오기란 어렵다. 부모는 자기의 행복을 유보하고 자녀의 행복을 구하지만, 행복한 롤 모델을 보지 못한 아이들은 행복하게 사는 법을 배울 기회를 놓치고 만다.

"엄마처럼 행복하게 살아!"

부모가 자녀에게 해줄 수 있는 최고의 말 아닐까. 어쩌면 아이들은 부모가 말하기도 전에 행복한 부모를 보면서 '나도 자라서 엄마처럼 행복하게 살아야지.'라고 결심하고 있을지도 모른다.

아직까지 많은 한국 여성들은 자신을 중심으로 생각하고 사는 것에 익숙하지 않다. 심지어 그렇게 사는 데 대한 두려움과 죄책감마저 느낀다. '헌신하고 희생하는 어머니'라는 전통적인 어머니상이 너무 깊이 내면화되어 있어서 그런지, 아니면 자녀를 통해 대리만족하려는 욕구가 너무 강해서 그런지 알 수는 없지만 한국 여성에게 삶의 중심은 자신이 아니라 가족, 그중에서도 자녀가 차지하고 있다.

자식들을 대학에 보내고 나면 주부들은 할 일을 마쳤다는 안도감과 함께 뭔가 새로운 일을 시작해보려는 마음을 느끼게 된다. 아직 몸과 마음에 힘도 넘치는데 시간 여유까지 생겼으니 뭔가 할 수 있을 것 같은 기분이 든다. 하지만 오랫동안 사회생활을 하지 않았기 때문에 자신감도 부족하고, 자기 자리를 비우면 가족들이 어떻게 될까 걱정이 앞서서 선뜻 용기를 내지 못한다.

오랫동안 '은유와 마음' 프로그램을 진행하면서 한 가지 흥미로운 경험을 했다. 중년 여성 두 사람이 똑같은 은유를 떠올린 것이다. 서로 다른 장소, 서로 다른 시간에 프로그램에 참여했음에도 그들의 은유는 같았다. 크기도 적당하고 보기 좋게 잘 다듬어져 정원 한가운데 있는 정원수. 하지만 마음속으로는 좁은 정원을 벗어나 더 넓은 공간으로 탈출하고픈 바람을 품고 있었다.

그들이 그토록 가고 싶어 한 장소는 산이나 숲처럼 집에서 멀리 떨어진 자연이 아니라 도심의 공원이었다. 나는 그들에게 소원대로 나무를 새로운 공간으로 이동하는 상상을 해보라고 권했다. 그리곤 다음 만남 때까지 한 주 동안 공원에서 지내보라고 했다. 상상으로나마 소원을 푸는 게 뭐 어려우랴!

일주일 후, 그들의 반응은 저마다 달랐다.

마당 한가운데서 늘 가족을 기다리던 사철나무는 동네 공원으로 자리를 옮겼다. 길에서 가까운 곳에 자리를 잡고서 지나다니는 사람들을 보며 일주일을 보냈다.

처음에는 기분이 괜찮았다. 주변 나무들도 사철나무를 좋아했고, 농구하는 사람, 산책하는 사람들을 바라보면 재미있었다. 조금 나른했지만 집에서 가족들이 돌아오기만 기다리던 때와 비교하면 적막하지 않아 좋았다.

밤이 되니까 춥고 힘들었다. 장소도 넓고 사람들도 많이 지나다니는 공원이 재미있었지만 소음도 많고 먼지도 많아 차츰 기분이 나빠졌다. 조깅하는 사람들도, 바쁘게 오가는 사람들도, 저렇게 악착스럽게 살아야 하나 싶은 마음이 들어 좋아 보이지 않았다. 느긋하게 산책하는 노부부의 모습이 새삼 아름답게 느껴졌다.

그렇게 일주일을 공원에서 지내고 나니 집으로 돌아가고 싶어졌다.

가상 경험임에도 공원에서의 일주일은 정원의 사철나무였을 때 뚜렷하게 드러나지 않았던 내면의 갈등들을 증폭시켰다. 남편에게 의지하지 않고 스스로 책임지려는 강한 의지와, 너무 안락한 생활을 하는 데 대한 불만, 두 딸이 성장해서 독립할 때 느낄 막막함에 대한 불안이 가정이라는 틀을 벗어나니 하나둘 모습을 드러냈다.

평소 사람을 좋아해서 같이 놀러 다니기를 즐기는 그는 공원에서도 길가에 자리 잡고 지나다니는 사람들 보기를 즐겼다. 하지만 곧 많은 사람을 잘 견디지 못하는 자신의 성향이 드러났다. 가만 생각해 보니 그는 스쳐 지나가는 관계를 좋아하지 않았다. 그보다는 정을 나누며 어울리는 걸 좋아했다. 그렇다고 자기 세계가 허물어질 만큼 기준 없이 엮이려고 들지는 않았다. 친구들이 어려울 때 그를 찾아 위로를 구했지만, 근본적으로 각자 짊어져야 할 몫이라고 생각했기 때문에 친구들의 기대를 그대로 만족시켜주지 못했다. 그는 친구들이 생각하는 종류의 따뜻한 사람은 아니었다. 사람들을 좋아하지만 자기 공간은 분명하게 지켰다. 공원에서도 다른 나무들과 뿌리가 얽히는 것은 싫었다. '공원'으로 상징되는 집 밖 세상으로 나왔지만 사람들과의 관계를 원한 것은 아니었다.

그가 진정으로 원한 것은 가족이었다. 그 사실을 깨닫고선 바로 집으로 돌아가고 싶었다. 집에 돌아오니 잠깐 여행을 다녀온 느낌이었다. 편안하고 좋았다. 바로 그곳이 그가 있을 자리였다. 하지만 갈등은 여전히 있었다.

사철나무는 원래 대문을 열고 들어서면 가장 먼저 보이는 자리에 있었다. 나무는 가족들이 무사히 돌아오기만 기다리고 있었다. 네모나게 잘 정돈되어 양지바른 곳에 서 있는 사철나무는 따뜻한 햇볕을 받으며 짙푸른 잎을 자랑했지만, 자기 처지가 만족스럽지 않았다. 꽃도 열매도 맺지 못하고, 나무 그늘이 없어 쉼터도 제공하지 못했기 때문이다. 심지어 사람들도 사철나무에게 실용성을 기대하지 않았다.

그에게 사철나무의 유용성을 찾아보자고 했을 때 그가 조금은 충격적인 답변을 했다.

"사철나무는 겨울에 희망을 주죠. 한 장소에 있으면서 언제나 푸른 잎을 달고 상큼한 기운을 줘요. 그런데 사철나무가 싱싱하지 않으면 사람들이 안 알아봐줘요. 나무를 베어버려요. 사철나무도 싱싱하지 못하면 차라리 베이는 게 좋아요."

사철나무 은유를 떠올린 그는 스스로 유용성이 없다고 생각하며 의기소침해 있었다. 젊었을 때는 쓸모없는 존재여도 만족했는데 나이가 들면서 너무 불성실한 건가 싶어 불안했다. 남편도, 딸들도 유용성이 떨어지는 자신에게 불만이 없었지만 스스로 달갑지 않았다.

가족에 대한 강한 책임감과 유용성에 대한 관심이 생긴 건 몇 년 전 사건 때문이다. 어느 날 남편이 심장혈관 질환으로 갑자기 쓰러졌다. 그때 받은 충격이 안온하게 살아온 삶을 되돌아보는 계기가 되었다. 살아가는 문제를 모두 남편에게 맡겨왔는데, 그 사건 이후로 남편을 지켜야겠다는 강한 책임감을 갖게 되었다. 남편은 아내의 말 한마디에 위로를 받는다고 했지만 가족을 지키려면 자기에게 유용성이 꼭 있어야 했다.

그런데 사철나무는 도무지 쓸모가 없었다. 사철나무는 존재하는 것이 전부다. 그는 만일의 사태를 대비하는 것과 그냥 존재하는 것은 양립할 수 없다고 보았다. 공원에 나가봤지만 좋지 않았다. 멀리 갈 수도 없었다.

나는 그에게 멋지게 다듬어져서 담장 역할을 하고 있는 사철나무를 생각해보자고 했다. 그저 존재하는 것만으로도 쓸모 있고 멋지기까지 한 사철나무를.

그는 머뭇거리며 사철나무 담장이 되기로 결정했다. 그저 그 자리에 존재하기만 해도 가족들을 지키는 울타리. 자신의 기준에 따라 네모나게 잘 다듬어져 있고, 타인을 아주 가까이 두지는 않지만 사회성이 좋은 편이라 세상과 잘 어울리니 울타리로는 제격이었다.

나무를 은유로 자기 이야기를 하면서 그는 막연히 느꼈던 불만의 실체를 제대로 볼 수 있었다. 이야기를 전개해감에 따라 그가 왜 그토록 유용성에 집착하는지, 그럼에도 불구하고 자신을 변화시키지 못한 원인은 무엇인지 명확해졌다. 놀라운 건, 문제라고 생각했던 것들이 오히려 문제 해결의 원천이었다는 사실이다. 단지 은유를 다른 관점에서 바라보는 것만으로 단점들이 장점으로 전환되어 완전히 다른 역할을 하기 위한 자원이 되었다.

그 후 그는 청소년을 지도하기 위해 명상을 배우기 시작했다. 1년 뒤, 대학 졸업 후 한 번도 사회생활을 해본 적 없던 그가 수도권에 있는 중학교에서 상담교사로 일을 시작했다. 출근하는 데만 1시간 넘게 걸리지만 기꺼이 수고를 감내한다. 이제 그는 가족을 위한 울타리가 되어 단단하게 현실에 뿌리를 내렸다.

한편, 다른 장소에서 프로그램에 참가했던 중년 여성은 집 밖에서 일주일을 보낸 뒤 사철나무와는 사뭇 다른 반응을 보여주었다. 그는 원래 작은 화단에 심겨진 나무였다. 따뜻한 햇볕과 신선한 바람이 있고 나무에는 작은 열매도 열렸다. 작아도 아쉽지 않았지만 조금 더 자라면 좋을 것 같았다. 지금 있는 곳이 불만스럽지도 않았지만 다른 곳으로 옮겨지길 바라는 마음이 있었다.

내 권유에 따라 그도 넓은 공원으로 나갔다. 그는 오가는 사람들도 구경하고, 확 트인 전망 덕분에 산도 볼 수 있을 만큼 시야가 넓어졌다며 좋아했다. 물론 그에게도 망설임은 있었다. 막상 옮기려 하니 다른 나무들에 비해 왜소해 보여 움츠러들었고, 옮긴 후 뿌리를 내리느라 한동안 힘들지 않을까 걱정도 되었다. 하지만 공간이 넓으니까 그만큼 성장할 수 있으리라는 희망이 그 모든 우려를 덮었다.

그런데 문득, 자신이 떠나고 나면 작은 화단에 남은 식물들이 잘 견딜 수 있을지 걱정이 되었다. 남은 식물들이 속으로 '간다더니 진짜 가네.'라고 당황해하거나, '더 있지.'라고 아쉬워할 것 같았다. '그래 잘 살아봐.'라고 격려할 수도 있겠지만.

자신이 떠난 자리에 남겨질 구덩이가 볼썽사나울 거란 생각도 들었다. 어떻게 구덩이를 메워야 할지 고민이 되기 시작했다. 남은 나무들이 느낄 허전함도 걱정되고, 어떤 나무를 심어야 그곳에 잘 어울릴지도 걱정되었다. 이런저런 고민을 하는 사이에 떠나려고 결심했을 때의 홀가분함이 어디론가 사라지고 진퇴양난에 빠진 사람처럼 어쩔 줄 모를 지경이 되었다.

나는 그에게 불쑥 질문을 던졌다.

"그 구덩이를 꼭 채워야 하나요?"

그는 깜짝 놀라면서 말했다.

"아, 그렇군요! 굳이 빈 공간을 채우지 않아도 되는데 왜 걱정을 했는지 모르겠네요. 남은 나무들에게는 공간이 넓어져 더 편할 수도 있고, 그 덕에 더 크게 자랄 수도 있는데……. 남은 나무들이 허전해할 것 같다는 생각도 저만의 착각일 수 있겠네요!"

나는 그의 결심이 얼마나 확고한지 확인하기 위해 제자리로 돌아갈 의향이 있는지 물어보았다.

"다시 제자리로 돌아가도 나쁘지 않겠지만 더 지체하면 옮기고 싶은 마음이 없어질 것 같아요. 제자리로 돌아와도 나쁘지는 않지만 후회나 미련이 남을 것 같아서……. 그러느니 지금 옮기는 게 나을 것 같아요."

그는 예전에 가족을 위해 하던 일을 그만둔 적이 있었다. 그때 한참 일에 열정을 느꼈고 성과도 내고 있었기 때문에 쉽지 않은 결정이었다. 하지만 일을 계속했다면 아이들에게는 엄마가 없고 남편에게는 아내가 없고 친정 부모에게는 부담이 되는 상황이 벌어질 게 빤했기 때문에 포기하지 않을 수 없었다.

그 후 가정주부로서, 엄마로서, 자식으로서 맡은 일을 충실하게 해냈지만 은근히 남편을 탓하고 원망하는 마음이 남아 있었다. 그래서 딸에게 "엄마처럼 살지 마."라고 입버릇처럼 말했다.

사실은 선택의 문제였는데, 모든 것을 남편 탓으로 여겨 불행하다고 생각했던 것이다. 그 사실을 알게 되자 불안감 역시 스스로 만든 것임을 자각할 수 있었다. 그러자 마음도 가벼워지고 오랜 망설임도 사라졌다.

"이제 움직여도 좋겠어! 앞으로 어려움도 있겠지만 스스로 새로운 영역을 펼쳐나갈 수 있을 거야. 가족들도 그동안 그 자리에 있어준 데 대해 감사하면서 늦게나마 자리를 옮기려는 내 용기를 응원해줄 것 같아."

함께 이야기를 듣던 연세 지긋한 할머니 한 분은 당신 딸이 "나는 엄마처럼 안 살 거야."라고 한 적이 있었다면서 자신의 경험을 들려주었다. 그분은 내향적인 자신과 달리 외향적이고 성격도 강하고 술도 엄청 즐기는 남편 때문에 오랜 세월을 힘들게 지냈다. 그런데 지금은 남편이 자신이 권하는 대로 불교대학에도 다니고 책도 읽으며, 심지어 책을 다 읽고 뒷장에 "사랑해."라고 쓸 만큼 달라졌다고 했다.

그렇게 된 비결을 물으니 "내가 편해지는 것"이라는 답변이 돌아왔다.

"내가 편해지니까 남편도 편해지고 덩달아 가족들도 편해졌어요. 강요하지 않고 기다리고 참아주니까 남편도 변하더군요. 이제는 억울하다는 생각이 안 들어요."

그렇게 되기 전 어느 날, 할머니는 억울하다는 생각을 지우기 위해 모든 것을 자기를 중심으로 하기로 결심하고선 일요일마다 절에 나가 즐겁고 행복하게 시간을 보내기 시작했다. 그러는 동안, 자신이 화를 내는 모습을 바라볼 수 있게 되었으며, 이후 오랜 세월 변함없이 꾸준하게 불교를 믿고 실천하다 보니 행복한 삶을 살게 되었다. 지금도 대가족이 함께 살고 있지만 해결하지 못할 문제가 없을 정도로 화목하게 살고 있다.

그사이 이런 일도 있었다. 할머니는 엄마처럼 불행한 결혼생활은 하지 않겠다던 딸이 자신과 똑같이 불행한 결혼생활을 하는 것을 보고는, 직접 찾아가 딸을 데리고 나왔다. 행복하지 않은 결혼생활을 반드시 할 필요는 없다고 생각했기 때문이다. 그 후 딸은 좋아하는 일을 열심히 배워서 지금은 작은 가게를 운영하며 자신감 있게 살고 있다. 할머니는 딸에게 어려움이 생기면 그때마다 이렇게 말한다. "네가 하고 싶은 대로 하고 살아."

참으로 놀라웠다. 이런 태도는 '가정'이라는 가치를 가장 중시하는 동년배 노인들에게서는 찾아볼 수 없는 것이었다. 할머니는 자신의 삶을 중심으로 사는 분이었기에 딸에게 새로운 인생을 열어줄 수 있었고, 남편과 자식에게 중요한 존재가 되었다. 심지어 평생 자기 일을 포기하지 않고 대학교수로 살아온 올케마저도 어려운 일이 생기면 할머니에게 조언을 구했다. 자신을 중심에 두고 편안하고 즐겁게 살 뿐인데 지금은 가장인 남편보다 더욱 중요한 존재가 되어 가족을 이끌고 친지들의 어려움을 보살피는 존재가 되었다.

딸, 아들, 며느리와 함께 대가족을 이루고 살지만 가족 구성원 모두 할머니를 중심으로 거미줄처럼 엮여서 행복한 삶을 누리고 있다. 할머니가 가족들에게 해주는 거라곤 그저 "봐주고 기다려주고 참아주는 것"뿐이지만 가족들은 그런 할머니를 존경하며 편안하고 행복한 삶을 살고 있다.

이야기를 마치며 할머니는 가정의 중심이 된 자신을 다음과 같이 표현했다.

"나는 엄마다. 가족을 서로 이어주고 소통하게 하며, 생명을 주고 생명을 연장시키는 존재, 존귀한 존재 자체이다. 생명을 주는 엄마다. 이 존재가 나다."

앞의 두 전업주부는 우리 시대 전업주부들이 경험하는 심리적 상황을 '정원에 있는 나무'로 표현했다. 그리고 더 넓은 공간으로 이동하려는 욕망을 갖고 있었다. 하지만 한 사람은 돌아왔고 다른 한 사람은 떠날 준비를 하기 시작했다. 같은 상황에서 비슷한 은유를 사용했지만 가족에 대한 태도뿐 아니라 자기 자신에 대한 태도도 전혀 달랐다. 그들이 선택한 은유는 그들의 상황을 그대로 보여주었고, 더 나아가 그들만의 새로운 삶을 만드는 원천이 되었다. 은유는 단지 심리 문제를 드러내는 역할만 하는 것이 아니라 더 본질적이고 더 무의식적인 힘들과 관여하면서 스스로 해법을 찾아내도록 안내하는 역할도 했다.

할머니의 이야기는 앞의 두 전업주부에게도 도움이 될 만한 대안적인 삶을 보여준다. 이 시대의 중년 여성들이 '가정'이라는 틀을 넘어서느냐 그러지 않느냐를 고민하는 사이, 연배는 훨씬 높지만 평범하기 그지없는 이 할머니는 '엄마'를 새롭게 정의하여 '가정'이라는 틀을 확장했다. 당당하고 따뜻하게 사는 우리 시대의 어머니들에게 박수를 보낸다.

느티나무와 구렁이

선주의 이야기

우리는 가끔 다른 사람들이 진실로 자기를 어떻게 생각하는지 듣고 싶어진다. 인생에서 중요한 결정을 해야 할 때나 스스로에 대해 진지하게 반성할 때, 듣기 좋은 칭찬이나 비위를 맞추는 소리보다 냉정하고 객관적인 평가가 필요하지만, 친구는 물론이고 부모, 배우자, 자식조차 쉽사리 돌직구를 던지지 못한다.

그럴 때 은유는 서로 감정을 다치지 않으면서 솔직한 생각을 나눌 수 있는 훌륭한 도구가 된다. '은유와 마음' 프로그램 참가자들 가운데는 자신을 떠올리는 은유를 적어오라는 과제를 받고서 가족이나 친구 등 주변 사람들에게 같은 질문을 한 뒤 그들이 주는 대답을 듣고 오는 사람이 있다. 적절한 은유를 찾지 못해서 그럴 때도 있지만, 그보다는 은유스토리텔링을 하다가 다른 사람들이 자기를 어떻게 생각하는지 궁금해져서 그런다고들 한다.

'은유와 마음' 프로그램을 사찰에서 진행한 적이 있었다. 대부분의 참가자들이 절에서 하는 프로그램이니까 불교 공부를 하는 줄 알고 참여했다가 그렇지 않은 줄 알고 놀라긴 했지만, 색다른 프로그램이라 다들 재미있어 했다. 대부분 심리적으로 안정된 분들이었지만 은유스토리텔링을 하면서 감춰두었던 고민도 이야기해보고 생각지 않았던 문제를 발견하기도 했다.

중년의 독실한 불교 신자인 선주도 자신에 대한 은유를 만들어 보라는 과제를 받고서 가족들이 자기를 어떻게 생각하는지 궁금해졌다. 그래서 남편, 아들, 그리고 친한 동생에게 자기를 은유로 표현해달라고 부탁했다. 솔직하게 답해달라고 당부했는데, 3일이 지난 후 친한 동생으로부터 문자메시지가 왔다.

"언니는 나의 진정한 정신과 주치의야. 내 고민을 털어놓을 수 있으니까. 언니가 없었다면 외롭고 힘들었을 거야."

선주는 그 대답이 진실한 것인지 듣기 좋으라고 하는 소리인지 분간할 수 없었지만, 아무튼 기분은 좋았다.

결혼해서 함께 사는 아들은 일주일 후에나 답을 주겠다고 뜸을 들였다. 그에 반해 남편이 대답하는 데는 채 한 시간도 걸리지 않았다.

"당신은 말이야, 주인에게 달려드는 진돗개야."

이야기를 전하며 선주는 한숨을 내쉬었다.

“스님, 주인에게 달려들면 그게 미친 진돗개지 뭐겠어요? 제가 좀 앙앙거리기는 하지만…… 그래도 진돗개씩이나 되어서 다행이긴 해요.”

그러면 그는 자신을 무엇에 비유했을까?

그가 비유한 것은 ‘겨울바람에 몸을 떠는 앙상한 느티나무’였다. 진돗개와는 달라도 너무 다른 은유였다.

“저는 겨울바람이 거세게 부는 넓은 벌판에서 의지할 곳 없이 혼자 서 있는 느티나무예요. 잎도 다 떨어지고 도움을 받을 곳도 없이 혼자 두려움과 외로움에 떨고 있어요. 다행히 지금은 느티나무도 건강해지고 바람도 잦아들어 편안해졌어요. 주변에 작은 나무들은 느티나무가 바람을 막아준 덕분에 예쁘게 자라고 있네요. 주위에 볼거리도 생기고 황폐하지 않아 좋아요. 그동안 많이 버거웠는데 지금은 편안해요.”

선주는 닮은 물건을 찾아오라는 과제를 받고서 여러 가지 닮은 것들을 떠올렸다. 맨 처음으로 생각난 것은 돌멩이였다. 하지만 그는 상처도 많이 받고 마음도 여려서 돌멩이 은유가 어울리지 않는다고 생각했다. 부드러운 돌이라고 말하기엔 그의 겉이 단단했다.

다시 생각해 보니, 혼자서 뒹굴며 잘 노는 모습이 고양이와 가장 닮은 것 같았다. 잘 놀다가도 누가 건드리면 짜증을 확 내는 것도 고양이와 비슷했다. 묻지는 않았지만 고양이를 건드는 사람 중한 명이 남편인 듯했다. 선주는 뭐든 열심히 했다. 배우는 것도 열심이고 일하는 것도 열심이었다. 마음이 불편한 것보다 몸이 고된 게 낫기 때문이다. 이렇게 혼자서도 잘 지내지만 친구들과 함께 있을 때도 잘 놀았다.

그에게 고양이와 느티나무가 무엇이 다른지 물어보았다.

"느티나무와 고양이는 혼자 있을 때 달라요. 느티나무로 있을 때는 어떤 것을 결정할 때 다른 사람의 도움 없이 혼자 해야만 했어요. 그 결과도 혼자 책임져야 하고요. 고양이로 있는 지금은 어떤 결정이나 선택을 하지 않아도 되니까 좋아요."

"고양이는 혼자서도 잘 놀아요. 방에 필요한 것이 다 있으니까요. 필요한 게 없더라도 있는 것만으로 충분해요. 그냥 나른하고 게으르게 이대로 있을 수만 있으면 좋겠어요. 그런데 2년 뒤에는 변화가 생길 것 같아요. 계속 이렇게 있고 싶은데 누군가가 끼어들 것 같아요. 하지만 그때 그렇게 되더라도 지금은 게으름을 피우고 싶어요."

선주의 걱정은 오래오래 고양이로 남아 있지 못할 상황이 생기는 것이었다. 머지않아 손주가 생길 것 같은 예감이 들었다. 물론 손주를 보면 행복하겠지만 고양이 상태가 끝날 걸 생각하면 불안했다. 며느리가 직장에 다니고 있으니 자신이 맡아서 손주를 기를 생각이었다. 언제일지 모르지만 그때가 오면 지금 하고 있는 불교 공부와 경기민요, 고전무용 배우기를 포기해야만 한다. 한참 재미를 느끼고 있는 터라 그만둘 생각을 하면 아쉽기 이를 데 없다.

선주가 굳이 손주를 돌보려고 생각한 것은 무엇보다 아들에 대한 미안함 때문이었다. 손주 돌보는 일이 그에게는 일종의 속죄 행위였다. 선주는 아들이 일곱 살 때 장사를 시작해서 아들이 군대에 갈 때까지 계속했다. 장사 하느라 제대로 돌봐주지 못했는데, 아들이 저 혼자 잘 자라주어 늘 고맙고 미안한 마음이었다. 그래서 이번만큼은 아들이 원하는 것을 해주고 싶어 손주를 키워주기로 혼자 결심하고 있었던 것이다.

그런데, 아들은 어머니를 어떻게 생각하고 있었을까?

일주일 후, 드디어 아들이 어머니에게 대답을 했다.

"묘목을 받쳐주는 버팀목."

아들은 어머니를 버팀목으로 생각하고 있었다. 그 말을 듣고, 아들이 육백 년 된 가문의 장손인 자기를 생각하는 어머니의 마음을 알아주는 것 같아 선주는 무척 뿌듯했다.

그다음 주, 선주는 자기 이야기를 하기 시작했다.

그렇게 밝고 쾌활한 선주가 사실은 암환자였다. 암 진단을 받고 두 차례나 입원했는데, 첫 번째 암 진단은 오진이었다. 두 번째 입원했을 때는 불행히도 진짜였다. 하지만 선주는 오진이었던 첫 번째가 더 암담하고 막막했다고 회상했다.

"은행잎이 파랄 때 입원했죠. 은행잎이 노랗게 변할 때까지 병명을 모른 채 검사 결과만 기다리고 있었어요. 창밖을 바라보다가 '내가 없어도 아이는 저 은행잎을 파랗다고 볼까? 계절의 변화를 볼까?'라는 생각이 들어 밥을 먹지 못했어요.

그러다가 문득 만약 교통사고로 쓰러졌다면 아들에게 아무 말도 못하고 죽었을 텐데 암이어서 다행이라는 생각이 들었어요. 중학교에 다니는 아들에게 마지막 이야기를 할 시간이 있다고 생각하니 암이라는 사실이 너무 감사했어요. 아들이 학교를 졸업하고 결혼할 때를 생각하면서 편지를 쓸 결심을 했어요."

나중에 오진이라는 사실이 밝혀져서 바로 퇴원했지만, 그때 경험은 큰 전환점이 되었다. 그래서 두 번째 암 진단을 받았을 때는, 진짜 암이었지만 조금도 걱정이 되지 않았다. 준비를 모두 해두었기 때문에 아무렇지도 않았다. 죽음을 생각하면 이상하게 마음이 넓어졌다.

"지구도 계속해서 돌고 남편도 아이도 그대로 산다. 뭘 더 바래? 모든 것을 놔야지."

그 후 선주는 식구들에게 많이 너그러워졌다. 아프고 나니까 아등바등 살 필요가 없다는 생각이 들었다. 주변의 모든 사람들에게 감사하는 마음을 갖게 되자 말씨도 부드러워졌고, 친한 동생이 정신과 주치의라고 할 만큼 마음이 편안해졌다.

"며느리를 들일 때도 아들에게 고통을 주지 않겠다고 다짐했어요. 그래서 며느리에게 칭찬을 많이 해줘요. 그게 변한 점이죠."

그래서일까? 선주는 성공적으로 치료를 받고 퇴원했다. 프로그램에 참여했을 때도 방사선 치료를 받는 중이었지만 아무도 암 환자라고 생각하지 못할 만큼 밝고 긍정적이었다.

하지만 남편에게는 아직도 불만이 많았다. 어릴 때부터 병약했던 선주는 짜증도 잘 내고 학교 다니기도 힘들어했다. 그래서 부모님이 애지중지 키웠는데, 그 탓에 성격이 까칠해 아무도 건드리질 못했다.

살이 찌면서 건강도 좋아졌다. 결혼 후에는 너그러운 남편 덕분에 많이 변했다. 하지만 바쁜 장사일을 잘 거들지 않는 남편 때문에 화도 많이 냈다. 그런데 남편은 화를 내도 대꾸하지 않아 더 화를 돋웠다. 이제는 남편의 성격을 잘 알기에 초탈하고 산다. 암에 걸린 것도 고맙고 매사 감사하며 살게 되었다.

그렇지만 자신을 진돗개라고 생각하는 남편에게 적잖이 실망한 눈치였다. 그래서 진돗개는 주인을 배반하는 일이 없으므로 남편의 말은 아내에 대한 믿음의 표현이라고 말을 해주었더니 조금 누그러지는 듯 보였다.

"하긴 집에서 기르는 개도 자꾸 귀찮게 하면 물죠. 그러면 우리 둘 다 진돗개일까요?"

선주는 남편에게 덤비는 일이 생기지 않으려면 남편 비위를 잘 맞춰주어야 한다는 걸 알고 있었다. 하지만 자신을 포기하는 게 쉽지 않아 속상할 때가 많다고 고백했다. 자기가 성격이 강해서 그냥 넘어가지 못하는 점도 인정했다.

그에게 남편에게 맞는 은유를 생각해보라고 했다.

"미동도 하지 않고 '나 죽었소.' 하면서 잠자는 구렁이같아요."

선주는 부모님보다 같이 산 세월이 긴 남편을 움직일 방법을 알고 싶다고 했다.

"구렁이는 언제 움직이죠?"

"스스로 움직인 적이 없어요. 밖에서 뭔가 할 때 일어나지만, 눈이 오면 더 안 일어나요."

그렇게 투덜거리다가 선주는 문득 남편이 자발적으로 움직인 날을 기억해냈다.

"정식 포교사 자격을 인정받는 품수식을 받으러 가는 날이었어요. 그날은 암 때문에 두 번째 입원하는 날이었어요. 어떻게 할까 망설이고 있는데 남편이 품수식에 가라고 그러더군요. 남편이 직접 운전해서 저를 대구에 있는 절까지 데려다 주었어요. 품수식에 다녀와서 입원했죠."

그래도 남편이 못마땅한 선주는 남편이 적극적으로 뭔가를 하려 들지 않는다고 투덜거리면서 조금만 예쁜 뱀이면 좋겠다고 했다.

며칠 뒤 선주는 남편과 함께 텔레비전을 보다가 우연히 뱀이 나오는 장면을 보게 되었다. 마침 잘됐다는 생각이 들어 남편에게 물었다.

"당신이 뱀이라면 어떤 뱀일까?"

"구렁이야."

"왜?"

"남에게 내 속을 안 보여줘서."

"구렁이는 자기 부인에게도 말하지 않아?"

"아내에게는 조금씩 말한 것 같아."

놀라운 일치였다. 서로에게 무심한 듯한 이 부부가 상대의 본질을 정확하게 인지하고 있었다는 사실도 흥미롭지만, 구렁이라는 은유가 부부의 변화를 위한 새로운 출발점이 된 것도 놀라웠다.

그 출발은 아주 작은 것이었다. 잘 훈련시키면 코브라도 아나콘다도 춤을 춘다는 내 이야기를 듣고서 선주는 그동안 남편이 움직이지 않으면 구렁이 다루듯 발로 뻥 차곤 했다는 사실을 깨달았다. 그는 앞으로 구렁이를 자기 마음대로 움직이게 하려 드는 대신 구렁이가 스스로 움직이는 상황을 만들어보겠다고 약속했다.

남편에게 자기 이야기를 해본 적이 있는지 물어보았더니 선주는 몇 해 전 일을 기억해냈다. 어느 해 김장을 하고 나서 잠자리에 들었는데, 자면서 앓는 소리를 한 것 같았다. 깨어 보니 남편이 자신을 주무르고 있었다. 그 일이 마음에 남은 선주는 남편을 귀찮게 하지 않으려고 신경을 썼다. 하지만 남편은 선주가 자기에게 아프다는 말을 한 적이 없다고 서운해했다. 심지어 자기를 남편으로 여기지 않아서 그러는 것 아니냐고 불만을 토로했다.

선주는 그동안 남편이 했던 말들을 기억해내고는 비로소 허허벌판에 혼자 서 있다는 생각이 자기의 착각이었음 알게 되었다. 그 느티나무 옆에 구렁이가 함께 있었다는 사실을 몰랐던 것이다.

'은유와 마음' 프로그램에 참가한 후부터 그는 남편에게 여러 가지 질문을 해보았다.

"뭘 좋아해?"

"뭐할 때 제일 기뻐?"

선주는 단어 구사부터 달라졌다. 남편에게 노후에 할 일도 같이 생각해보자고 제안했다. 그동안 남편에게 요구한 것이 많았는데, 자신은 변하지 않으면서 남편만 변하라고 한 것 같아 미안한 마음도 들었다. 선주는 남편을 더 조심스럽게 대했다. 남편의 마음을 이해해보려고 애썼다.

은유를 통해 서로의 생각을 확인함으로써 이 부부에게도 대화와 소통의 기회가 마련되었다. 프로그램을 마칠 때 선주는 그동안의 소감을 말했다.

"이 방법이 거울같아요. 전신거울처럼 나를 비추고 전체를 조감하게 해줬어요. 떨어져 나갔는지도 몰랐던 부분을 정리해주고 남은 부분을 점검하게 해주었어요. 전체를 조감하면서 그 속에서 자기를 찾아 들어가게 하는 자연스러움이 좋았어요. 시선을 어디로 향하는가가 왜 그렇게 중요한지 이제 이해했어요."

벼랑 위의 소나무

어느 소통불능의 사람 이야기

"사회적 동물"이라고 정의되는 인간에게 소통은 존재의 기본 조건이다. 하지만 우리를 갈라놓는 벽들 때문에 시대와 지역을 막론하고 소통은 누구에게나 쉽게 풀리지 않는 과제로 남아 있다.

소통을 잘하려면 어떻게 해야 할까? 이 시대의 멘토들은 서로 다름을 받아들이는 관용과 다른 사람의 말을 경청하는 자세가 필요하다고 조언한다. 맞는 말이다. 그런데 타인을 지향할수록 자신은 더 공허해지는 것이 아닐까? 내가 공허하고 흔들리는데 남과 소통할 수 있을까? 어쩌면 소통을 위한 첫 번째 노력은 남보다 자신에게 먼저 향해 있어야 하는지도 모른다. 자기를 잘 알 때 비로소 남과 무엇을 소통하고 싶은지 알 수 있을 테니까.

'은유와 마음' 프로그램 참가자들로부터 은유를 통해 자신의 이야기를 다시 씀으로써 자신을 새롭게 정의했을 뿐 아니라 다른 사람도 더 잘 이해하게 되었다는 이야기를 종종 듣는다. 소통을 목적으로 한 것은 아니지만 결과적으로 소통에 도움이 되었다.

소통을 간절히 원한 분이 '은유와 마음' 프로그램 참가자 가운데 있었다. 그는 수년째 다른 사람과의 소통을 갈망했지만 잘되지 않았다. 실제로 그의 교제 범위는 매우 제한적이어서 가까운 동료 외에 만나는 사람이 없었으며, 그 밖의 사람을 만나면 쉽게 피곤해져서 만남 자체를 조심하고 있었다.

그는 자신을 아무도 다가올 수 없는 벼랑에 홀로 서 있는 낙락장송에 비유했다. 나무는 숭고하고 멋있지만, 벼랑 아래 있는 사람들에게는 "가까이 하기엔 너무 먼 당신"이었다. 소나무는 사람들이 자신을 보고 감탄하는 것은 좋았지만 그들이 떠난 뒤 남는 서글픔과 외로움을 견디지 못했다.

평지로 내려오면 문제가 간단히 해결되는데, 그게 말처럼 쉽지 않았다. 자신이 만든 은유를 바꾸는 것이 뭐 그렇게 어려운 일이냐고 반문하는 사람도 있겠지만, 사실 은유는 마음대로 만들어진 것이 아니다. 그것은 깊은 무의식에 뿌리를 두고 있기 때문에 마음대로 바꾸지 못한다. 마음을 마음대로 바꾸지 못하는 것처럼. 그러므로 은유 자체를 바꾸려고 들기보다 우회해서 가는 것이 효과적이다. 그래서 나는 그에게 평지로 내려오라고 하는 대신 그 은유를 잘 이해하도록 여러 질문을 던졌다.

그는 소나무가 크다는 것을 빼면 자랑할 것이 없는데도 자기가 잘났다고 생각하고 있으며, 겸손하려고 노력하지만 때때로 아만심이 불쑥불쑥 치밀어 오른다고 고백했다. 우리는 자기의 어떤 행동이나 관점에 문제가 있음을 알고 그것을 고치려고 의식적으로 노력해도 잘 안 되는 경우가 있음을 경험으로 알고 있다. 자기를 소나무에 빗대어 말한 그도 문제가 무엇인지 잘 알고 있었지만 생각만으로는 문제가 고쳐지지 않았다.

소나무 주변에는 바위, 나무, 풀, 다람쥐, 새, 하늘, 물을 비롯해 많은 것이 있었지만 사람은 없었다. 그는 늘 혼자였으며 새들도 가까이 다가오지 않았다. 그는 오천 년 동안 그 자리에서 외롭게 있었던 것 같다고 했다. 최근 부쩍 사랑받고 싶다는 느낌이 들지만 그럴수록 긴장해서 간단한 계산조차 안 된다고 했다.

참 딱한 노릇이었다. 그의 행복은 다른 사람들의 감탄을 받는 데 있는데, 불행하게도 그러려면 사람들과 가까이 있으면 안 되었다. 몇 차례 상담이 진행되는 동안에도 그는 절벽에서 내려오지 못했다. 그에게는 절벽에서 내려오고 싶은 마음이 반, 그대로 있고 싶은 마음이 반이었다.

그는 저 아래에서 사람들이 신명나게 풍악놀이를 하고 있는 모습을 보면 내면에서 주체할 수 없는 회한의 감정이 올라온다고 고백했다. 나는 그에게 그게 어떤 느낌인지 더 자세히 설명해달라고 했다.

"회색빛 속에 혼자 있는 느낌이에요. 풍악놀이 하는 장면을 굽어보고 있으면 흐뭇한데, 사람들은 나무에 전혀 신경 쓰지 않고 있네요."

다시 자신을 돌아보라고 했더니, 반응이 조금 달라졌다.

"별 느낌이 없어요. 그냥 그대로인 것 같아요. 음, 이제는 사람들이 없어도 괜찮을 것 같은데요."

계속 질문을 하면서 그에게 자신의 상태와 감정을 더 세밀하게 관찰하도록 했다.

"언제 한스러운 느낌이 듭니까?"

"지금은 잘 안 떠올라요. 풍악놀이 하는 사람들을 바라보고 있으니까 한스럽게 느껴진 것 같아요. 이제는 한스러운 감정과 제가 분리된 것 같아요."

자신의 감정을 자세히 바라보고 그것이 실체가 없다는 사실을 깨닫게 된 것이다. 그리고 곧 자신과 그 감정을 분리해서 보게 되었다.

다시 상담을 이어나갔다.

"오천 년 동안 무얼 했습니까?"

"특별한 것은 없었어요. 그냥 그대로 있었어요."

"한 가지 일은 하고 있었던 것 같은데요?"

그는 고개를 갸우뚱거렸지만 답을 찾지 못했다.

"선생님은 자리를 바꾸지 않고 거기 그대로 있는 일을 했잖습니까? 그건 정말 대단한 일이에요."

"아! 그래요. 오천 년 동안 '살고' 있었네요. 그냥 있어도 되는데 왜 버둥거리며 억지로 살려고 했는지 모르겠어요. 잘하려고 하지 않아도 되고 소통할 필요도 없었군요!"

그는 자신이 굉장히 끈기가 있고 강한 사람인 줄은 알고 있었지만 스스로를 믿지 못했던 것 같다고 고백했다. 그의 장점을 지적했더니 그는 사람들과 소통하지 못한 것을 모두 자기 탓이라고 자책하던 태도를 버리고 문제를 객관적으로 바라보게 되었다. 자신의 강함이 다른 사람에게 자만심으로 보였던 것이 그동안 소통하지 못한 원인이라고 말하면서 강함과 지혜로움이 겸비되면 좋겠다고 했다.

나는 다시 소나무가 오천 년 동안 경험한 것을 생각해보도록 했다.

그는 잠깐 생각해보더니 말했다.

"그동안 나 자신을 보기보다 남들 위주로 살아간 것 같아요. 다른 사람들에게 보이는 내 모습만 신경 썼어요."

그는 사람들에게 관심은 있었지만 앞만 보고 가느라고 주변 경치도, 사람도 보지 못했다는 사실을 깨닫고 원인이 자기에게도 있음을 인정했다. 하지만 그의 슬픔과 회환은 사라지지 않았다. 회한의 감정을 말하면서 그는 말할 수 없을 만큼 고통스러워했다.

그 감정을 더 잘 이해하기 위해 다시 소나무의 내부를 살펴보도록 했다.

"소나무 내부를 보세요."

"…… 텅 비어 있어요. 물관도 보이지 않고 아무것도 느낄 수 없을 정도로 깜깜해요. 너무 어두워요."

"나뭇잎은 어떻습니까?"

"나뭇잎에는 아직 생기가 있지만 뿌리는 말라비틀어지고 흙도 보이지 않아요."

"다시 한 번 나무의 상태를 이야기해주실래요?"

"죽은 나무예요."

너무 충격적이어서 그에게 다시 한 번 소나무 내부를 살펴보도록 했다. 텅 비어 있기는 마찬가지였으나 이번에는 나쁘지 않다고 했다.

"그냥 그대로 받아들이니 넓고 시원한 느낌도 들고 기분도 좋아져요. 뿌리가 회색인 것이 조금 마음에 걸리지만 이상하게도 변해야겠다는 생각이 들지 않아요."

나는 그에게 그 공간 속으로 들어가 보라고 권했다.

"많은 빛들이 있어요. 따뜻하고 편안해요. 별이 많이 있어 혼자가 아닌 것 같아요. 함께 있지만 서로 떨어져 있기도 해요. 하지만 함께하려고 애쓰지 않아도 될 것 같아요."

그동안에는 남과 반드시 소통해야 한다고 생각했으나 이 가상체험을 통해 그는 애쓰지 않고도 잘 지낼 수 있다고 생각을 바꾸었다.

"사물들이 있는 걸 있는 그대로 보기만 하면 돼요. 이곳이 정말 편해요."

극적인 반전이었다. 소나무 밖으로 나오라는 내 지시에도 불구하고 그는 그 속에 계속 머물고 싶어 했다.

그런데 그가 소나무 밖으로 나오자 놀랍게도 빛으로 가득 찬 공간이 눈앞에 펼쳐졌다. 직전까지 우중충한 회색빛이었는데 어떻게 된 영문인지 밝고 화사한 공간으로 바뀌어 있었다. 그리고 그곳은 절벽이 아니라 부드러운 흙이 깔려 있는 평지였다. 간간이 나무들도 보이고 저 멀리 푸른 잔디가 땅을 덮고 있었다.

그런데 다음 장면에서 더욱 놀라운 일이 벌어졌다.

잔디가 점점 나무 쪽으로 확장되며 땅을 덮기 시작하더니 나무 밑까지 다 덮어버린 것이다. 그러자 나무에 윤기가 흘렀다. 새들이 날아오고 모든 생명체가 모여들었다. 밝고 평화로운 들판 위의 모든 것이 자연스럽고 조화로웠다.

그는 "좋아요, 정말 좋아요."를 연발했다. 나와 대화를 나누면서도 마치 그 장면이 눈앞에 펼쳐져 있는 듯이 말을 이어갔다.

놀랍고 신기한 일이었다. 어떻게 하려고 의도하거나 암시를 준 것도 아니고 심지어 눈을 감고 있던 것도 아닌데 영상이 자동으로 변해간 것이다. 은유스토리텔링을 통해 이런 변화를 체험한 사람들이 꽤 있다. 그들은 모두 눈앞에서 영상이 자동으로 펼쳐지는 체험을 한다. 은유를 통해 상상한 것에 불과한데 영상을 생생하게 느끼고 경험한다.

왜 그럴까? 그건 영상이 자신의 내면에서 흘러나오기 때문이다. 그 영상은 시간이 흐른 뒤에도 처음처럼 생생하게 기억되며, 그때 경험한 마음의 변화는 순간적인 심리 상태에 그치지 않고 이후에도 지속되는 변화를 가져온다. 이는 비슷한 경험을 한 참가자들의 공통된 증언이다. 표층의식 수준에서 일어난 체험이 아닌 깊은 무의식에서 일어난 체험이기에 이러한 영향을 주는 것 아닐까 짐작된다.

일주일이 지난 후 다시 그를 만났다. 예전에 그는 모임에 나가면 자기도 모르게 어디에 앉을지부터 습관적으로 생각했었다. 그런데 며칠 전에 간 소모임에서는 자리 생각을 전혀 하지 않았다고 했다. 놀랍게도 그런 생각을 하지 않으니까 오히려 모든 것이 편안하고 모임도 즐거웠다. 그를 사로잡고 있던 감정에서 벗어나자마자 그가 그토록 원하던 소통이 저절로 이루어졌다.

그는 나에게 궁금한 것이 있다면서 물었다.

"아들을 혼낼 일이 있어서 야단을 쳤는데 마음이 시멘트 바닥처럼 평온했어요. 아이는 엄마가 예전처럼 야단친다고 생각했을지 모르지만 저는 너무 편안했어요. 그래서 이상해요. 그래도 괜찮은 건가요?"

미소로 답을 대신하면서 생각했다. 혼자서도 잘 지내고 다른 사람들과도 잘 지내는 것이 진짜 소통이 아닐까 하고.

말하는 가위

진주의 이야기

만약 내가 없다면
이 강을 나는 건널 수 있으리.
나를 없애는 방법,
죽기 아니면 사랑하기뿐!
- 황지우, 〈나는 너다〉 중에서

고대 인도의 마가다국 왕 빔비사라는 평범한 가문 출신의 아름답고 총명한 여성, 위제희를 왕비로 맞아들였다. 달이 휘영청 밝은 어느 날 밤, 왕은 왕비와 함께 말을 타고 왕사성을 벗어나 한적한 시외로 산책을 나갔다.

언덕에 올라 왕사성을 내려다보며 왕이 물었다.

"세상에서 가장 소중한 사람이 누구요?"

위제희 부인이 또렷한 음성으로 대답했다.

"저 자신입니다."

빔비사라는 놀랐다. 자신은 빈천한 가문 출신인 위제희에게 온갖 호사를 제공하고 아낌없이 사랑을 주는 왕이 아니던가! 그런데 위제희는 그런 왕이 아니라 왕비 자신이 세상에서 가장 소중한 사람이라고 답했다. 빔비사라는 내색하지 않고 그길로 부처님을 찾아가서 이 일을 이야기했다. 부처님은 두 사람을 바라보고 미소를 지으며 위제희 부인의 지혜로움을 칭찬했다.

"이제 나를 조금 알게 된 것 같아요."

"나하고 친해진 느낌이에요. 상담하러 올 때마다 설렜어요."

"그동안 과대 포장된 삶을 살았어요. 진짜 허당이었어요. 진실이 이렇게 가벼운 것인지 몰랐어요."

"예전에는 내 이야기를 하는 게 겁났어요. 하고 나니까 시원해요."

"남편과 나를 분리하여 나 자신에게 집중하다 보니 남편이 가정으로 돌아왔어요."

"그동안 나에게 무관심했어요. 안 돌보고 살았어요. 조금조금씩 하긴 했지만 전반적으로 나를 되돌아보는 기회는 없었어요."

'은유와 마음' 프로그램을 마치고 참가자들에게 어떤 변화가 있었는지 물었을 때 나온 대답들이다. 놀랍게도 사람들은 그토록 소중한 '나'를 잘 모르고 있었다. 매일 거울에 얼굴을 비춰보고 다른 사람들이 자기를 어떻게 볼까 신경 쓰면서도 정작 자기 자신에 대해서는 모르고 있었다.

여윈 몸매에 막 환갑을 넘긴, 깔끔한 인상의 중년 여성 진주는 자기와 닮은 물건으로 가위를 가지고 왔다. 작은 꽃가위였는데, 왜 하고 많은 가위 중에 하필이면 꽃가위냐고 물었더니 매일 사용하는 물건이라고 답했다. 나중에 알고 보니 진주는 작은 꽃가게를 운영하고 있었다.

처음에 그는 별 생각 없이, 매일 사용하니까 자신과 가장 친숙할 거라고 생각해서 꽃가위를 들고 왔다. 그런데 이야기를 거듭하면서 가위가 자신의 진짜 모습이라는 사실을 깨닫게 되었다.

"나름대로 아름답게 만든다는 미명 아래 꽃을 잘랐지만 어쩌면 내 생각일 뿐이라는 생각이 들어요. 한번 자르면 원래의 모습이 없어지는데 모든 대상을 내 기준에 따라 자르고 있었던 것이 아닐까 싶기도 하고. 명분으론 남을 위한다지만 실제로는 내 기준을 강요한 것 아닐까 하는 생각도 들어요."

가위가 되어 자신을 바라보니 자기가 보이기 시작했다. 진주는 매일 꽃꽂이를 하면서 가위질하는 것이 습관이 되었다. 그래서 다른 사물을 볼 때도 마음속으로 '여기를 잘라야 해. 저기를 잘라야 해.' 하면서 자기 마음대로 자르고 있었다. 이야기를 마치며 가위가 가위의 마음까지 잘랐는지 모르겠다고 한참 후회를 했다.

"육십 년 동안 쉬지 않고 잘랐어요. 가만히 누워 있으면 되는데 말이에요. 이젠 쉬어야 하는데 잘 쉴 수 있을지 모르겠어요."

"쉬면, 하던 일은 어떻게 하시려고요?"

"그래서 생각해둔 일이 있어요. 가위를 놓아야 할 때가 오면, 그래도 입은 더 오래 살아 있을 테니까 입으로 하는 일을 하고 싶어요. 그래서 짬짬이 동화 구연을 하고 있어요."

"좋은 생각이네요. 그래도 지금 당장 생업을 포기할 수는 없으니까 가위로 다른 대상을 자르면 어떨까요?"

"예, 모든 것을 제 기준으로 자르는 나쁜 습관을 자를 수 있으면 좋겠어요."

진주는 고시 준비를 하는 아들 때문에 오랫동안 속앓이를 하고 있었다. 시험에 번번이 낙방을 하는 아들을 보면 미안하고 안쓰러운 마음도 들지만 한편으론 아들이 더 열심히 해주기를 바라는 마음도 있었다. 진주는 가위 은유로 이야기를 쓰다가 문득 그동안 아들에게 잘해준다고 하면서 사실은 자기 기준에 따라 아들을 평가하고 채점해왔다는 사실을 깨달았다.

일주일 후, 진주는 가위를 은유로 삼은 것이 정말 잘한 일 같다고 기뻐하면서 새롭게 일어난 변화를 들려줬다.

"스님! 가위가 말을 해요."

나도 덩달아 흥분해서 물었다.

"뭐라고요? 가위가 말을 해요? 무슨 말을 해요?"

"'지금 뭐 하는 거야?'라고 해요. 그동안 내가 가위를 가지고 하는 작업에 사람들이 감탄하는 것에 취해서 인생의 실체를 놓치고 있던 건 아닌가 싶어요."

그렇게 해서 가위에게 입이 생겼다.

그런데 입을 갖게 된 가위는 한시도 가만있지 않고 진주가 일을 할 때마다 참견하기 시작했다. 일주일 사이에 가위는 자르는 일을 하면서 동시에 자기를 바라보며 참견하는 멀티태스킹 가위가 되어 있었다.

"스님, 부처님은 크고 멀지만 가위는 가까이 있으니까 쉽네요. 요즘은 아들에게 뭘 말하려고 하면 가위가 먼저 말을 해요. 그래서 한 번 더 생각을 다듬고서 말하게 돼요."

불교인들 가운데는 경전에 나오는 멋진 구절이나 어려운 말들을 쓰는 이가 많다. '불성', '본래부처' 따위를 말하지만 실제 그 말의 의미를 이해하고 쓰는 사람은 별로 없어 보인다. 진주의 말처럼 가까이 있는 사물을 보면서 자신을 반성할 수 있다면 부처님 말씀이 따로 없다.

일주일 뒤, 가위는 더욱 진화한 모습으로 나타났다.

"스님, 이번엔 가위가 '자기를 바로 봅시다'라고 말하네요?"

지금까지 진주는 가위로 물건뿐 아니라 사람까지 다듬으려 해왔다. 상대가 아니라 내가 변해야 하는데 늘 남에게 가위질을 했다. 그런데 이제 가위가 변한 것이다. 가위는 순간순간 떠오르는 생각이 바른 것인지 바라보기를 좋아하게 되었다. 그즈음 독감이 유행이었는데, 감기도 바라보았더니 나았다며 진주는 신기해했다.

아들과도 가까워졌다. 진주는 아들에게 너무 많은 기대를 했다는 사실을 인정하고 거기서 벗어나 아들을 객관적으로 볼 수 있기를 희망했다. 아직까지는 아들의 얼굴을 보면서 채점하는 습관이 조금 남아 있지만 아들의 본래 모습을 보려고 노력해보기도 하고, 어느 부분이 부족해서 아들이 빛을 발하지 못하는지 살펴보기도 했다. 자신이 아들의 빛을 가리는 구름 역할을 한 것이 아닌가 싶어 미안한 마음도 들었다.

나는 그에게 구름을 걷어내는 가위가 되기를 제안한 다음, 그만의 가위손 이야기를 동화로 써보라고 권했다. 진주는 나의 권유를 듣고 좋아라 했다. 평생소원이던 저작권이 생길 수도 있다면서. 남을 자르던 가위가 어떻게 변신했는지를 이야기로 쓰면 아이들만이 아니라 어른들에게도 흥미로울 것 같았다.

이렇게, 사물을 자르던 가위가 상대가 아니라 '나'를 자르는 가위로 변신함으로써 새로운 이야기가 만들어졌다. 새로운 이야기를 만드는 힘, 그것은 곧 자신을 바로 보고 바로 아는 데서 시작된다. 그러므로 '나'는 마음속 어딘가 깊이 감춰진 내밀한 것도 아니고 현실세계 바깥에 존재하는 초월적인 것도 아니다. 그것은 내가 세계와 만나서 만들어낸 이야기 속에 있다. 그러므로 이야기가 바뀌면 나도 바뀌고 세계도 바뀐다.

황지우 시인은 나를 없애는 방법은 나를 죽이거나 다른 사람을 사랑하기뿐이라고 했는데, 나를 제대로 아는 것이 곧 나를 없애는 것이다. 왜냐하면 나는 근본적으로 '무아無我'니까. 나를 초월한 높고 깊은 어느 곳엔가 존재하는 '참나'가 아니라 삶의 한가운데에서 너와 함께 만들어가는 이야기 속에 존재하는 나, 그것이 진정 연기緣起적으로 존재하는 '나' 아닐까?

스테인리스 그릇과
돌이 되고픈 소나무

두 할머니의 이야기

인생의 황혼기에 있는 할머니 두 분이 '은유와 마음' 프로그램에 참가했다. 스님이 하는 강의라니까 공부려니 생각하고 참여한 것이었다. 인생의 끝자락에 다다른 분들은 대체로 삶이 정리되어 있곤 했다. 그래서 내심 그분들과 어떤 이야기를 나눌 수 있을지 걱정이 되었다. 예상대로, 은유를 통해 드러난 그분들의 삶에는 특별한 문제가 없었다. 하지만 두 분 할머니는 열심히 프로그램에 참여하면서 자신들의 은유이야기를 써내려갔으며, 우리들은 매번 그분들의 놀라운 상상력과 지혜에 감탄하며 이야기를 경청했다.

낙엽을 떨군 벌거숭이 겨울 산과, "꽃의 영광"과 "초원의 빛"이 사라지고 없는 텅 빈 들판이 사물의 본질을 보여주듯이 노년의 지혜는 삶의 진실을 한 점 거짓 없이 비춘다. 청춘만 아름다운 게 아니라 삶을 마감하는 노년도 아름답다는 사실을, 평생 변함없이 부처님을 믿고 살아온 분들의 수행이 향기롭다는 사실을 나를 비롯한 참가자 모두가 배웠다. 그 아름다운 이야기를 소개한다.

나는 천 미터 고지의 막바지, 거의 구백 미터 정도 오른 나무입니다. 이제 나에게 남은 시간은 겨울뿐입니다. 가끔 봄날이 그립기도 하지만 모든 것을 내려놓고 담담하게 때를 기다리고 있습니다. 되돌아보면 지나간 세월도 보이고 오래전 내 주변에 있던 것들이 나를 떠나 저 멀리 자리하고 있는 모습도 보입니다. 그들은 나를 떠났지만 난 조금도 섭섭하지 않습니다. 모든 것에는 자신의 자리가 있으니까요.

나는 작지만 야무지답니다. 어렸을 때는 병약해서 늘 시름시름 아팠습니다. 나뭇잎도 축 처지고 줄기도 말라비틀어져 있었습니다. 그래서 큰 나무가 되고 싶다는 꿈은 꿔보지도 못했습니다. 스무 살 즈음에는 뿌리가 뽑혀 나갈 정도의 큰 고비도 있었습니다. 부모 나무가 부처님께 지극정성으로 기도드린 덕분에 살 수 있었지요. 부모 나무는 수액도 주고 거름도 주어 저를 푸르게 되살렸습니다.

이제 나는 웬만한 바람이 와도 흔들리지 않는, 송곳처럼 꼿꼿하게 서 있는 나무가 되었습니다. 하지만 그다지 크지는 않아요. 흔들리지 않는 나무가 되려면 너무 자라면 안 되니까요.

나는 그 후로 평탄하게 잘 자랐습니다. 그렇지만 여기까지 올라온 것은 온전히 내 힘만으로 한 거예요. 조금 더 올라가면 정상입니다. 정상에 도착해서 멀리 바라보면 좋겠지만 이제는 숨이 차서 그만 올라가고 싶습니다.

나는 또한 스테인리스 그릇입니다. 이십 년 전, 나는 공장에서 출고되자마자 당시 강남에서 제일 좋은 백화점으로 보내졌습니다. 그곳에서 지금의 주인을 만났지요. 고맙게도 내 주인은 내가 오래되었다고 싫어하거나 버리지 않고 지금도 사용하고 있답니다. 세월이 흘렀지만 저는 옛 모습 그대로입니다. 한 군데도 찌부러진 곳이 없습니다. 주인이 항상 닦아준 덕분에 반짝반짝 빛나고 있습니다. 나는 닦을수록 더 빛이 납니다.

사람들은 나를 좋아합니다. 작고 단단해서 아무 물건이나 담아도 되고 어디든지 가지고 갈 수 있기 때문이죠. 구석에 있을 때에도 계속 나를 찾습니다. 함께 있던 큰 그릇들은 몇 년이 흐르면 유행이 지났다고 처박아두어요. 하지만 저는 찬장 깊숙이 있어도 필요할 때마다 꺼내 쓴답니다. 왜냐하면 요긴하게 모든 것을 담을 수 있기 때문이지요.

나는 반찬도 담고 쌈장도 담을 수 있습니다. 특히 쌈장은 나에게 잘 어울리는 음식인 것 같아요. 재료도 여러 가지 써야 하고 다양한 음식과 함께 먹을 수 있으니까요. 채소나 고기를 쌈 싸 먹을 때도 꼭 필요하지요. 쌈장은 인기가 좋아서 여러 사람이 함께 나를 사용합니다. 그럴 때 나는 정말 행복하답니다. 여러 사람이 사용하는 그릇이 되고 싶은 마음 때문입니다. 그래서 내 마음에 맞는 사람이 오든, 내 마음에 안 맞는 사람이 오든 모든 사람에게 쌈장을 나누어주고 싶습니다. 사람들이 이구동성으로 쌈장이 맛있다고 하니 기분이 정말 좋습니다.

나는 어떤 물건도 거부하지 않고 다 담으려고 합니다. 음식도 좋고 보석도 담을 수 있습니다. 달콤한 사탕이나 향기 나는 물건도 담고 싶지만 왠지 저에겐 안 어울릴 것 같습니다. 왜냐구요? 제가 너무 투박하니까요. 내 자리를 그대로 지키고 싶습니다.

너무 오래되었으니까 공장에 들어가 새 그릇이 되면 어떠냐고요? 음, 그렇다면 나는 들판에서 일할 때 먹는 새참용 그릇도 되고 싶고, 근사한 호텔 연회장의 멋진 그릇도 되고 싶습니다. 그러려면 노력해야 하지요. 장소와 담겨질 음식의 격에 맞아야 하니까요. 하지만 그런 그릇은 잠시 사용하다 말 물건이니까 다른 것이 되고 싶습니다.

다음 생에 내가 정말 되고 싶은 것은 물그릇이에요. 모든 사람에게 필요하고 언제 어디서나 사용하기 때문입니다. 나는 자연과 사람이 정성으로 만든 오염되지 않은 물을 담고 싶습니다. 산천초목의 맑은 이슬도 받아서 인정과 사랑에 목마른 사람에게 주고 싶습니다. 나는 세상에서 가장 맑고 깨끗한 감로수를 담는 그릇이 되고 싶습니다.

물 받으러 가야 하는데, 그런 기력이 남아 있는지 모르겠네요? 이번 생에 못하면 다음 생에 그렇게 되고 싶습니다.

나는 산속에 있는 소나무입니다. 푸르고 싱싱합니다. 항상 자기를 관찰하고 있습니다. 맑은 하늘도 보이는데, 다른 나무가 있으면 맑은 하늘을 쳐다보기 어려울 수도 있겠네요. 아, 오래전에 소나무이기를 그만둔 줄 알았는데 아직도 소나무군요. 사람들을 쓰다듬어주고 안아주고 대신 아파해주고 싶었는데, 아직도 나는 푸르고 싱싱한 소나무네요. 다른 사람들은 보기 좋다고 하지만 나는 하는 일이 아무것도 없어요. 어린 나무들을 돌봐주느라 지쳐서 그런 걸까요?

내가 힘들어도 어린 나무를 쓰다듬어주고 밝게 비춰주고 싶어요. 다음 생에는 한 그루 큰 나무로 태어나서 여름에는 그늘이 되어주고, 가을에는 열매를 맺어 사람들에게 나누어주고, 겨울에 나뭇잎이 떨어져도 햇빛을 받으면서 살고 싶습니다. 그런데 큰 나무라서 다른 나무를 가리지 않을까 걱정이네요. 작은 나무가 나 때문에 햇빛을 받지 못할까 걱정이에요.

나는 산속에 살고 있습니다. 서로 어우러져 숲을 이루고 있어요. 서로 의지하고 서로 대화도 하고 서로 바람을 막아주며 살고 있습니다. 눈보라가 쳐도 막아주네요. 새봄에는 새순이 나오고 묵은 잎은 떨구어 떨어진 잎이 풀벌레를 자라게 합니다. 내 발 아래에는 작은 풀도 자라고 있습니다. 내 몸을 타고 다람쥐도 다니고 새들도 둥지를 틀었습니다. 큰 나무가 혼자 자라는 것처럼 보여도 혼자 자라는 것은 없어요.

나무가 다 자라면 목재로 쓰이고 싶습니다. 다 자랐으니 베어도 하나도 안 아파요. 목재가 되지 못하면 그냥 스러져 흙이 되어 생명을 키우겠습니다. 그러면 모두 행복하게 살 것 같아요. 앞으로 할 일이 많군요. 잎을 떨어뜨려 거름을 만들고, 집짓는 목재도 되어야 하니까요.

그런데 서까래나 대들보보다는 주춧돌이 되고 싶어요. 그 위에 절을 지어도 좋고 집을 지어도 좋을 것 같습니다. 가족들만 사는 집은 아니면 좋겠어요. 다른 사람들이 들어와서 밥도 먹고 쉬었다 가는 공간이 되면 좋겠습니다. 아무리 많이 와도 다 받아들일 수 있으니까요.

주춧돌이 되려면 돌이 되어야 하니까 내 몸이 썩어야 하네요. 몸을 썩혀 돌을 만들어야 합니다. 그래서 계속 정진精進하고 있어요. 나만 햇빛을 받으려고 하지는 않지만 저는 계속 정진해야 합니다.

큰 나무 아래 작은 풀들이 자라서 예쁘게 꽃을 피우면 좋겠습니다. 숲을 이루고 살면 못생긴 놈을 없앨 수도 없고 잘난 놈만 키울 수도 없습니다. 숲에서는 모든 것이 서로 어우러져 자랍니다. 그렇게 작은 숲이 큰 숲을 이루고…… 숲은 강물이 되어 바다로 갑니다. 바다는 모든 것을 다 받아들입니다. 바다는 다시 하늘로 가서 비가 되어 만물을 생성하게 합니다.

저는 지금 제 이파리를 떨어뜨리는 작업을 하고 있습니다.

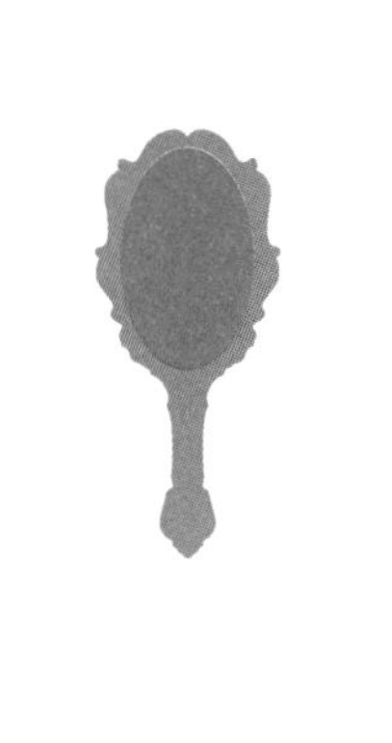

에필로그

은유스토리텔링은 이야기와 은유에 대한 최근의 철학적, 심리학적 논의를 바탕으로 하고 있다. 특히 심리학을 철학적 전제 없이 심리현상을 객관적으로 연구하는 '과학'이라고 보는 주류 심리학계의 믿음에 대하여 포스트모더니즘 이론가들이 취하는 비판적 관점에 공감한다.

근대 이후 합리성에 밀려 학문의 세계에서 추방당한 은유와 이야기가 포스트모더니즘과 함께 우리 삶의 중심으로 돌아오고 있다. 포스트모더니스트들이 주장하듯이 근대주의도 일종의 이야기라면 우리 삶에서 이야기가 사라진 적은 없지만, 은유와 이야기가 심리치료의 방법으로 포섭되었다는 것은 사회과학 또는 자연과학으로 분류되었던 심리학에서도 인문학적 인간 이해가 필요해졌음을 단적으로 보여준다. 명상을 심리치료 방법으로 수용한 것 역시 이런 변화를 반영하고 있다. 다시 말해, 인간의 마음을 이해하고 변화시키기 위해 그의 사회적 행동이나 인지 체계만이 아니라 의미와 가치, 그리고 깊은 내면의 변화가 무엇보다 중요하다는 점에 대한 공감이 우리 시대에서 이루어지고 있다.

이 책은 이야기와 은유에 대한 이해를 돕고, 심리 문제들을 해결하는 데 은유스토리텔링을 어떻게 활용할 수 있는지를 사례를 통해 설명한다. 이야기치료와 은유치료에 대한 안내서들이 부쩍 증가했으나 그 철학적, 인문학적 근거에 대한 이해는 부족함이 많았다. 포스트모더니즘이 후기 근대의 주도적인 사상으로 자리 잡았음에도 불구하고 주류 심리학계와 불교학계에서는 여전히 잘 수용되지 못했다.

불교와 포스트모더니즘의 사상적 입장을 이해할지라도 명징하고 깨어 있는 마음을 계발하는 불교 수행에 이야기, 은유, 상징, 신화와 같은 간접적이고 모호한 표현을 도입하는 것에 의아해할 사람들이 많을 것이다. 은유스토리텔링과 불교 수행은 과연 무슨 상관이 있을까?

은유스토리텔링 기법을 배우고 싶어 하는 사람들에게 들려주는 대답으로 그것을 대신할 수 있을 것 같다. 사람들은 은유스토리텔링에 어떤 기법이 있지 않을까 기대한다. 그것만 알면 된다고 믿는 사람들에게 나는 "그런 것이 없다."고 답한다. 내 대답에 몇몇 사람들은 뭔가 숨겨두고 말하지 않는 게 아니냐는 의심을 하지만, 진실로 그렇다.

그래도 꼭 기법을 말하라고 하면, 그것은 '참가자의 이야기를 집중해서 듣는 것'이다. 참가자의 이야기를 숨소리조차 놓치지 않고 온 마음을 기울여 듣는 것이 비법이라면 비법이다. 완전히 몰입해서 듣다 보면 나도 모르게 그의 마음이 느껴지고, 그때 알고 싶은 것이 생기면 묻는다.

참가자의 이야기에 최대한 집중하려면 상담 도중 어떤 판단도, 어떤 해석도 하면 안 된다. 심리학의 패러다임 변화 이후 상담사에게 요구되는 것은 전문가적 태도가 아니라 자신을 비우는 것이다. 라캉은 정신분석가가 자신을 비워야만 피분석자 내부에 있는 '실재'의 목소리를 들을 수 있다고 하면서 "분석가는 자신의 존재보다 자신의 존재의 결여로서 등장해야 한다."고 요구했다. 라캉의 태도는 공감이나 존중과 다르다. 그가 이처럼 중립적인 태도를 취하는 이유는 말로는 진짜 욕망이 표현되지 않기 때문이다.

밀턴 에릭슨 역시 내담자 관찰을 중요시했다. 그는 심리치료사들이 취하는 전문가적인 태도를 비판하면서, 제각기 개성을 지닌 내담자를 틀에 박힌 관념과 표준화된 절차를 가지고 대해서는 안 된다고 경고했다. 그는 환자에게 어떤 선입견도 갖지 말고 그 스스로 깨달을 수 있는 상황을 마련하도록 권했으며 "교란적이고 부조리하고 비이성적이라는 이유로 환자의 행동을 혐오하거나 정죄하고 거부하면 절대로 안 된다."고 강조했다.

'모른다'는 내담자의 이야기에 집중하기 위한 기본자세이다.

많은 사람들은 내담자의 이야기를 들으면서 미리 판단해버린다. 그리고 자기 생각 속에서 해석하면서 질문하기 때문에 내담자의 이야기로 들어가지 못하고 그의 세계에 폭력적으로 침입하거나 심지어 상담자의 부정적인 견해를 주입하기도 한다. 다른 상담 방법에서도 상담자에 의한 억압과 폭력이 문제가 되지만, 은유스토리텔링에서 상담자의 태도는 내담자의 무의식 깊이 영향을 주기 때문에 특히 조심하지 않으면 안 된다.

이런 집중된 상태를 유지하기 위해서는 섣부른 공감도 단정적인 판단도 해서는 안 된다. 은유스토리텔링에서는 참가자가 은유로 이야기하기 때문에 상담자는 구체적인 정황을 알지 못한다. 상담자가 갖고 있는 전문 지식이나 상식적 판단 따위가 개입할 여지도 거의 없다. 은유의 내용을 알지 못하기 때문에 상담자는 어쩔 수 없이 '모른다'는 자세를 유지하게 되는데, 이 점이 은유스토리텔링의 강점이다.

상담이 진행되면서 상담자는 내담자 내면의 힘을 믿고 이야기와 은유를 언제든지 새롭게 쓸 수 있다는 사실을 믿어야 한다. 상담자는 자기 자신 역시 그렇게 할 수 있다고 믿어야 한다. 자기 자신의 역량을 믿을 수 없다면 내담자의 역량도 믿을 수 없기 때문이다. 그래서 나는 은유스토리텔링을 배우려는 사람들에게 반드시 프로그램에 참여하여 자기 변화의 경험을 하도록 한다. 상담자 스스로 변화의 가능성과 내면의 힘에 대한 믿음이 있을 때 내담자 내면의 힘을 일깨울 수 있다.

은유와 이야기가 바뀔 수 있는 것은 그것들이 원래 정해진 것이 아니기 때문이다. '내'가 하나의 이야기로 존재한다는 것은 '내'가 다른 이야기로도 존재할 수 있음을 의미한다. 이런 이야기로 존재할 수도 있고 저런 이야기로 존재할 수도 있다면, '나'는 어떤 이야기로 환원되지 않는 것, 온전히 비어 있는 존재이다. 나는 그 자체로 공空한 존재이다. 그러므로 은유이야기를 새로 쓸 수 있다는 것은 나 자신이 본래 공하다는 의미이다.

'나'를 순수한 무無, 즉 공空으로 보고 체험할 때 새로운 이야기를 쓸 수 있다. 그리고 새로운 이야기를 쓸 때 공성空性이 발휘된다. 명상 상태에서 우리는 모든 이야기를 버리고 역할을 떠나 순수하게 공으로서 존재할 수 있다. 하지만 현실로 돌아오면 우리는 어떤 이야기든 선택하지 않을 수 없다. 그런데 바로 '선택할 수 있다'는 사실이 공의 또 다른 모습이며 우리를 다르게 만드는 근원적 힘이다. 그러므로 기존의 이야기와 다른 이야기를 쓸 수 있다는 것은 곧 공, 무아無我를 입증하는 것이다.

우리가 어떤 이야기든 될 수 있다면 원칙적으로 우리는 선한 이야기도 악한 이야기도 될 수 있다. 그러나 우리가 '선택'하는 이야기는 선한 이야기가 될 수밖에 없다. 비록 공성은 선악을 벗어나 있지만, 공은 정신의 본성인 '자유'를 표현하는 또 다른 용어이기 때문이다. 그러므로 현실 세계에서 공성은 선의지善意志로 나타난다.

근대 이후 당연시되어온 방법과 내용의 분리, 그리고 신뢰할

만한 어떤 것이 '과학적 방법'에 의해 얻어진다는 생각은 우리로 하여금 진정으로 중요한 것들을 잃어버리게 했다. 마음에 대한 것은 기법으로 이루어지지 않는다. 설사 기법이 필요하더라도 다른 사람들을 돕겠다는 선한 마음이 흘러넘칠 때 비로소 남을 도울 수 있다. 그러므로 상담자에게 가장 중요한 것은 공성에 대한 바른 이해이다. 공성은 선의를 넘어서지만 결국 공성에 근거해서만 다른 사람을 돕겠다는 선의가 실천될 수 있기 때문이다.

나는 심리 상담을 배우지 않았고 세상 사는 법에 밝지도 못하다. 타고난 아둔함 때문에 늘 실수투성이다. 성공적인 삶을 위한 지혜나 사람의 마음을 꿰뚫어보는 직관력도 갖고 있지 않다. 그래서 승려로 살고 있다. 그럼에도 불구하고 은유스토리텔링이라는 방법을 사용하여 사람들을 도와온 것은 그것이 의미와 가치에 대한 실천이기 때문이다.

은유스토리텔링은 우연한 기회에 시도되었다. 박사학위 논문을 끝낸 뒤 잘 아는 의사 선생님의 권유로 밀턴 에릭슨의 최면을 배웠다. 이전까지 내가 해오던 일과 전혀 다른 영역이었지만 인간의 내면에 대한 호기심에서 시작했다. 최면을 배우면서 밀턴 에릭슨의 은유적 치료법에 관심을 갖게 되었으나 미국에서 돌아온 후 강의와 여러 가지 활동 때문에 한참을 잊고 지냈다. 그러다 우연한 기회에 동국대학교 명상심리학과에서 강의를 하면서 학생들과 불교 은유를 공부했다. 종강 후 학생들의 요구로 공부 모임을 만든 것이 '은유와 마음' 프로그램과 은유와마음연구소가 만들어지게 된 계기다.

사실 문학을 전공한 나에게 은유는 그리 낯선 것이 아니다. 하지만 프랑스 상징주의 시인들과 바슐라르, 뒤랑, 리쾨르의 이론을 세월이 한참 흐른 뒤에 다시 보게 될 줄 상상이나 했겠는가. 길은 돌고 돌아 제자리로 돌아오고 세상에서 쓸데없는 것은 없다는 진리가 새삼스럽게 느껴진다.

불교학계에는 잘 알려지지 않았지만 은유와 상상력에 대한 연구는 언어학, 철학, 미학, 심리학, 문화인류학에서 새롭게 주목받고 있는 분야이다. 은유와 이야기는 무의식에 감춰진 무한한 원천들을 건져 올리는 방법으로 더 연구되어야 할 것들이 많다. 불교학이 인간의 내면을 이해하는 학문이므로, 불교학계에서도 명상과 더불어 이 분야에 대한 관심이 높아지기를 기대한다.

이 책은 월간 「불광」에 실었던 글들이 바탕이 되어 만들어졌다. 당시 기자로 있던 정태겸 씨의 제안으로 시작된 연재였는데, 연재가 끝나고도 한참이 지난 후에야 한 권의 책으로 나오게 되었다. 무엇보다 나의 게으름이 가장 큰 이유지만, 책에도 책의 인연이 있는 것 같다. 이 책이 세상에 나올 수 있었던 것은 사람 좋기만 한 이기선 씨의 오랜 기다림과 불교 출판의 길을 묵묵하게 지켜온 불광출판사의 뚝심 덕분이다.

마지막으로 '은유와 마음' 프로그램에 참가하여 함께 이야기를 만들었던 모든 분에게 감사 인사를 전한다. 그들과의 대화를 지금도 생생하게 기억한다. 그때 얻었던 인간에 대한 신뢰와 감동은 내가 이 프로그램을 통해 얻은 가장 값진 수확이다. 그들과 더불어 나도 무한히 회복되었음을 이 기회를 빌려 고백한다.

주석

1 https://en.wikipedia.org/wiki/Eidetic_memory 루돌프 아른하임 지음. 김정오 옮김. 『시각적 사고』. 이대출판부.
2 『조론肇論』. 「물불천론物不遷論」. p.657.
3 이은주, 양정국. 『은유와 최면』. 학지사. p.103.
4 이은주, 양정국. 위의 책. p.106.
5 이은주, 양정국. 위의 책. p.106.
6 고기홍, 김경복, 양정국. 『밀턴 에릭슨과 혁신적 상담』. 시그마프레스. p.57.
7 김성훈, 유병국, 김양태, 권도훈, 조성남. 「정신분열병 환자에서 아이러니와 은유의 이해」(『생물치료정신의학』. 제14권. 제1호. 2008.)
8 조지 레이코프 지음. 손대오 옮김. 『도덕, 정치를 말하다』. 김영사.
9 M. 존슨, 조지 레이코프 지음. 노양진, 나익주 옮김. 『삶으로서의 은유』. 박이정. p.410.
10 M. 존슨, 조지 레이코프. 위의 책. p.367.
11 M. 존슨, 조지 레이코프. 위의 책. p.367.
12 졸탄 코베체쉬 지음. 김동환 옮김. 『은유와 문화의 만남』. 연세대학교출판부. p.195.
13 이은주, 양정국. 위의 책. p.106.
14 이은주, 양정국. 위의 책. p.106. 재인용.

더 보면 좋은 책

은유

『삶으로서의 은유』
M. 존슨, 조지 레이코프 지음. 노양진, 나익주 옮김. 박이정. 2006년.

『은유의 도서관 — 철학에서의 은유』
김애령 지음. 그린비. 2013년.

『상징, 은유 그리고 이야기』
정기철 지음. 문예출판사. 2002년.

『은유』
졸탄 코베체쉬 지음. 이정화 옮김. 한국문화사. 2003년.

『은유와 감정 — 언어, 문화, 몸의 통섭』
조탄 쾨백세스 지음. 김동환, 최영호 옮김. 동문선. 2009년.

이야기

『스토리텔링 애니멀 — 인간은 왜 그토록 이야기에 빠져드는가』
조너선 갓셜 지음. 노승영 옮김. 민음사. 2014년.

밀턴 에릭슨

『은유와 최면 — 밀턴 에릭슨 상담의 핵심』
이윤주, 양정국 지음. 학지사. 2007년.

『밀턴 에릭슨과 혁신적 상담』
고기홍, 양정국, 김경복 지음. 시그마프레스. 2010년.

『밀턴 에릭슨의 심리치유 수업 — 천재 정신과 의사의 마술적인 치료 사례와 교훈이 담긴 일화들』
밀턴 H. 에릭슨 지음. 시드니 로젠 엮음. 문희경 옮김. 어크로스. 2015년.

이야기치료

『이야기치료의 지도』
마이클 화이트 지음. 허남순, 이선혜, 정슬기 옮김. 학지사. 2010년.

『이야기치료란 무엇인가?』
앨리스 모건 지음. 고미영 옮김. 청목출판사. 2013년.

『이야기치료 — 선호하는 이야기의 사회적 구성』
진 콤스, 질 프리드먼 지음. 김유숙, 전영주, 정혜정 옮김. 학지사. 2009년.

『어린이와 청소년을 위한 마음을 치유하는 101가지 이야기 — 은유를 사용한 심리치료』
George W. Burns 지음. 김춘경 옮김. 학지사. 2009년.

『이야기로 치유하기 — 치료적 은유 활동 사례집』
George W. Burns 지음. 김춘경, 배선윤 옮김. 학지사. 2011년.

『이야기 심리치료 방법론 — 치유를 위한 서술적 방법론』
Michael White, David Epston 지음. 정석환 옮김. 학지사. 2015년.

은유와 마음

2016년 11월 30일 초판 1쇄 발행
2019년 5월 24일 초판 2쇄 발행

지은이 명법
발행인 박상근(至弘) • 편집인 류지호 • 상무 이영철
책임편집 이기선 • 편집 김선경, 이상근, 양동민, 주성원, 김재호, 김소영
디자인 쿠담디자인 • 제작 김명환 • 마케팅 허성국, 김대현, 최창호, 이선호 • 관리 윤정안

펴낸 곳 불광출판 (03150)서울시 종로구 우정국로 45-13, 3층
대표전화 02) 420-3200 편집부 02) 420-3300 팩시밀리 02) 420-3400
출판등록 제300-2009-130호(1979. 10. 10.)

ISBN 978-89-7479-333-3 (03800)

이 도서의 국립중앙도서관 출판시도서목록(CIP)은
서지정보유통지원시스템 홈페이지(http://seoji.nl.go.kr)와
국가자료공동목록시스템(http://www.nl.go.kr/kolisnet)에서 이용하실 수 있습니다.
(CIP제어번호: CIP2016028663)

* 잘못된 책은 구입하신 서점에서 바꾸어 드립니다.
* 독자의 의견을 기다립니다. www.bulkwang.co.kr
* 불광출판사는 (주)불광미디어의 단행본 브랜드입니다.

이 책은 한국출판문화산업진흥원 2016년 우수출판콘텐츠 제작 지원 사업 선정작입니다.